Anne Tyler

Drei Tage im Juni

Anne Tyler

Drei Tage im Juni

Roman

Aus dem Amerikanischen
von Michaela Grabinger

KEIN & ABER

Ebenfalls von Anne Tyler:
Dinner im Restaurant Heimweh
Im Krieg und in der Liebe
Die Reisen des Mr Leary
Kleine Abschiede
Atemübungen
Der leuchtend blaue Faden
Launen der Zeit
Der Sinn des Ganzen
Eine gemeinsame Sache

1. Auflage November 2024
2. Auflage Dezember 2024

Die Originalausgabe erscheint 2025 unter dem Titel
Three Days in June bei Alfred A. Knopf,
a division of Penguin Random House LLC, New York

Deutsche Erstausgabe

Satz: satz-bau Leingärtner, Nabburg
Druck und Bindung: GGP Media GmbH, Pößneck
ISBN: 978-3-0369-5040-2
Auch als eBook erhältlich
www.keinundaber.ch

I

Schönheitstag

Niemand klopft mehr auf seine Uhr, ist Ihnen das auch aufgefallen?

Ich rede von ganz normalen Armbanduhren. Wissen Sie noch, wie man früher darauf geklopft hat?

Mein Vater zum Beispiel. Er hatte eine Timex mit einem Zifferblatt so groß wie ein Fünfzig-Cent-Stück, und immer wenn ihn meine Mutter warten ließ, sah er stirnrunzelnd auf die Uhr und klopfte. Womit er, wie ich heute glaube, sagen wollte: »Das gibts doch nicht. Kann es wirklich schon so spät sein?« Doch als ich klein war, dachte ich jedes Mal, er wollte die Zeit vorspulen, damit meine Mutter sofort, und zwar schon im Mantel, wie eine Figur in einem Zeitrafferfilm vor uns stünde.

Mir fiel das neulich wieder ein, als ich eines Freitagmorgens am Büro von Marilee Burton vorbeiging, der Direktorin der Schule, an der ich tätig war, und sie mich zu sich rief. »Komm, wir plaudern ein bisschen«, sagte sie, was nicht alle Tage vorkam. (Wir hatten eine mehr oder weniger rein professionelle Beziehung.) Sie winkte mich zu dem Windsor-Stuhl vor ihrem Schreibtisch, doch ich blieb in der Tür stehen und reckte den Kopf in ihre Richtung.

»Ich wollte dir sagen, dass ich am Montag nicht kommen kann«, sagte sie. »Ich muss eine Kardioversion durchführen lassen.«

»Eine was?«, fragte ich.

»Eine Behandlung am Herz. Es schlägt nicht mehr richtig.«

»Aha.« Ich schaffte es nicht, Erstaunen zu heucheln. Sie war eine von diesen damenhaften Frauen, die immer und überall High Heels tragen, eine perfekte Kandidatin für Herzprobleme. »Das tut mir leid«, sagte ich.

»Das Herz wird durch einen Stromstoß angehalten und neu in Gang gesetzt.«

»Ha – wie wenn man auf eine Uhr klopft«, sagte ich.

»Bitte?«

»Ist es gefährlich?«

»Nein, nein. Ich habe es sogar schon einmal machen lassen. Aber das war in den Frühjahrsferien, da habe ich es nicht angekündigt.«

»Okay«, sagte ich. »Und wie lange wirst du weg sein?«

»Am Dienstag bin ich zurück – in alter Frische. Für dich ändert sich gar nichts. *Allerdings*«, sagte sie, setzte sich aufrechter hin, räusperte sich und richtete mit abgezirkelten Bewegungen einen Stapel Papier aus, der nicht ausgerichtet zu werden brauchte – »allerdings bringt mich das zu einem Thema, das ich schon länger mit dir besprechen wollte.«

Auch ich machte den Rücken nun etwas gerader. Ich bin in Bezug auf den Tonfall anderer Leute sehr wach.

»Ich werde an meinem nächsten Geburtstag sechsundsechzig«, sagte sie, »und Ralph ist gerade achtundsechzig geworden. Er möchte ein bisschen reisen und die Enkel häufiger sehen.«

»Aha.«

»Ich werde also vor Beginn des neuen Schuljahrs kündigen.«

Das neue Schuljahr würde im September beginnen. Es war bereits Ende Juni.

»Willst du damit sagen, dass ich Direktorin werde?«, fragte ich.

Eine durchaus logische Frage. Irgendwer musste schließlich Direktorin werden. Und ich war ganz klar als Nächste dran. Ich war seit elf Jahren Marilees Stellvertreterin. Doch Marilee schwieg eine Weile, so als hätte ich mir etwas angemaßt. Dann sagte sie: »Genau darüber wollte ich mich mit dir unterhalten.«

Sie nahm das oberste Blatt von dem Stapel, drehte es zu mir hin und schob es über den Schreibtisch. Ich trat widerwillig einen Schritt nach vorn und spähte darauf. Eine maschinenbeschriebene Seite mit einem in einer Ecke angetackerten Zeitungsausschnitt – das Schwarz-Weiß-Foto einer ernst dreinblickenden jungen Frau mit resolut gelocktem dunklem Haar. *Lehrerin aus Nashville gewinnt mit Studie über Lernunterschiede McLellan-Preis* lautete die Überschrift.

»Nashville?«, las ich laut. (Wir lebten in Baltimore.) Und der McLellan-Preis sagte mir überhaupt nichts.

»Als ich die Kündigung in Erwägung zu ziehen begann, habe ich den Schulausschuss auf sie hingewiesen«, erklärte Marilee. »Dorothy Edge. Du hast vielleicht schon von ihr gehört. Ich hatte zuvor ihr Buch gelesen und war sehr beeindruckt.«

»Du hast den Schulausschuss auf sie hingewiesen«, wiederholte ich.

»Gail, du bist immerhin einundsechzig und wirst ebenfalls nicht mehr allzu lange berufstätig sein«, sagte sie.

»Ja, ich bin einundsechzig!«, erwiderte ich. »Eine Ewigkeit von der Pensionierung entfernt.«

»Es ist nicht nur eine Frage des Alters.« Sie sah mich an und hob dabei das Kinn, so wie Leute, die wissen, dass sie im Unrecht sind. »Machen wir uns nichts vor: Dieser Job steht und fällt mit der Sozialkompetenz, das weißt du genau! Und dass soziale Interaktion noch nie deine Stärke war, bestreitest du selbst wohl als Letzte.«

»Was soll das heißen?«, fragte ich. »Was meinst du mit sozialer Interaktion?«

»Du hast natürlich jede Menge anderer Kompetenzen«, sagte Marilee. »Du bist sehr viel besser organisiert als ich. Vor Publikum bist du eloquenter. Aber nehmen wir die augenblickliche Situation. Ich erzähle von meinen Herzproblemen, und du sagst nur ›Ach so‹ und gehst zu der Frage über, ob du meinen Job haben kannst.«

»Ich sagte ›Aha‹«, brachte ich ihr in Erinnerung. »Und ich sagte ›Das tut mir leid‹.« (Eine weitere Stärke von mir – ich habe ein ausgezeichnetes auditives Gedächtnis, auch was meine eigenen Worte betrifft.) »Was wolltest du denn noch hören?«

»Ich ›wollte‹ überhaupt nichts«, erwiderte sie. Ihr Kinn deutete inzwischen praktisch zur Decke. »Ich sage nur, dass man als Leiterin einer privaten Mädchenschule Taktgefühl braucht. Diplomatische Fähigkeiten. Da kann man nicht einfach sagen ›Meine Güte, Mrs Morris, es muss Ihnen doch klar sein, dass Ihre Tochter nicht die geringste Chance hat, in Princeton aufgenommen zu werden‹.«

»Katy Morris schafft es nicht mal auf eine anständige *Berufs*schule«, sagte ich.

»Darum geht es nicht.«

»Ach so? Nur weil ich nicht bereit bin, deinen stinkreichen Eltern Honig ums Maul zu schmieren, bin ich dazu verdammt, auf ewig stellvertretende Direktorin zu bleiben?«

»Oder«, sagte Marilee, fuhr ihr Kinn wieder hinunter und sah mich über den großen Schreibtisch hinweg herausfordernd an, »vielleicht gerade *nicht* zu bleiben.«

»Wie bitte?«

»Vielleicht solltest du eine andere berufliche Tätigkeit in Betracht ziehen. Mal in eine ganz andere Richtung denken. Etwas machen, wovon du seit Langem träumst. Was meinst du?«

Ich fragte mich, was um alles in der Welt das ihrer Ansicht nach sein sollte. Ich bin keine Frau, die davon träumt, etwas zu »machen«.

»Dottie – Dr. Edge – hat den Wunsch geäußert, dass wir die Stellvertreterin zu uns holen, mit der sie in Nashville zusammengearbeitet hat«, sagte Marilee. »Die zwei waren offenbar ein erfolgreiches Team.«

Dottie.

Ich hatte meine Handtasche die ganze Zeit mit beiden Händen vor mir gehalten. (Marilee hatte mich gleich morgens auf dem Weg in mein Büro abgepasst.) Jetzt fühlte ich mich wie eine Bettlerin, die in Gebetshaltung um einen Gefallen fleht, und ließ die Tasche an meine linke Seite sinken. »Tja, dann hoffe ich, dass die beiden hier glücklich werden. Auf Wiedersehen, Marilee.«

»Gail?«

Ich drehte mich schroff um und ging.

»Gail, nun sei doch nicht so!«

Ich hastete zurück in die Eingangshalle, vorbei am Trophäenschrank und zur Tür hinaus auf die Straße.

Ich hielt nicht mal an, um das Kugelschreiber- und Bleistift-Set von meinem Schreibtisch zu holen oder das Foto meiner Tochter bei der Schulabschlussfeier oder die Strickjacke, die immer im Schrank hing. Das sollen sie mir nachschicken, dachte ich, oder wegschmeißen, mir doch egal.

Auf dem Parkplatz standen nur drei Autos – das von Marilee, meines und das von Mario, dem Hausmeister. Der Himmel war grau und hing tief – für später war Regen vorhergesagt –, und die beiden Arbeiter, die auf dem Gehsteig Verkehrshütchen aufstellten, trugen grelle Warnwesten. Ich stieg in meinen Corolla ein, ließ den Motor an und fuhr sofort los; ich nahm mir nicht mal die Zeit, das Fenster herunterzulassen, obwohl es im Wagen schon glühend heiß war. Und zwar weil ich nicht beobachtet werden wollte. Ich fühlte mich beschämt; als würde ich Aufsehen erregen.

Keine Ahnung, warum. Schließlich war das Ganze nicht *meine* Schuld!

Ich wohnte so nah bei der Schule, dass ich manchmal sogar zu Fuß ging, doch an diesem Morgen hatte ich den Wagen genommen, weil ich hinterher zur Reinigung fahren und das Kleid abholen wollte, das ich am Abend bei der Hochzeitsprobe meiner Tochter – mit anschließendem Essen – tragen würde. Mittlerweile konnte ich mir allerdings nicht mehr vorstellen, daran teilzunehmen. Ich malte mir aus, wie ich in der halb leeren Kirche saß, während die restliche Hochzeitsgesellschaft mit dem Finger auf mich zeigte und »Die arme Gail, habt ihr schon gehört?« flüsterte.

Gefeuert. Mit einundsechzig.

Weil sie keine Sozialkompetenz hat.

War nicht mal in den heutigen Schönheitstag in Darleen's Spa miteinbezogen. Den hat die Mutter des Bräutigams ganz allein organisiert. (Was sollte *Gail* schon dazu beitragen!, hatte sie wohl gedacht. Diese biedere Frau, diese blasse Person mit den Schnittlauchlocken, die sich nicht im Mindesten um ihr Aussehen schert!)

Aber sie hätten wenigstens mit mir darüber reden können. Immerhin war ich die Mutter der Braut.

Auch wenn ich nicht mal gewusst hatte, dass es so etwas wie einen Schönheitstag überhaupt gab.

Ich fuhr nicht zur Reinigung. Ich fuhr direkt nach Hause. Ich parkte am Straßenrand, ging die Verandastufen hinauf, schloss die Tür auf, trat ins Wohnzimmer und ließ mich in den erstbesten Sessel fallen, zufällig einer, der zum großen Fenster hin stand. Ein dünner weißer Vorhang verschleierte den Blick, niemand konnte hineinschauen und mich sehen. Auf dem Bücherschrank tickte die alte Kaminuhr von Grandpa Simmons. Ich besaß keinen Kamin. Mein Haus war sehr klein und sehr bescheiden. Es hatte zwei Schlafzimmer und war aus den Sechzigerjahren. Der Fernseher war so alt, dass er hinten gut einen halben Meter hervorstand. Über eine Armlehne der Couch hatte ich eine Häkeldecke gelegt, damit man nicht sah, dass der Bezug dort nur noch aus einzelnen Fäden bestand. Immerhin gehörte das Haus mir allein; gekauft mit dem Geld, das mir mein Vater hinterlassen hatte. Ich hätte mein Elternhaus übernehmen können, weil meine Mutter unmittelbar nach dem Tod meines Vaters in ein Hochhaus gezogen war, aber damals lief es in meiner Ehe schon nicht mehr gut, und ich brauchte etwas, was ich selbst instand halten konnte, ohne auf Max angewiesen zu sein. Womit ich nicht sagen will, dass Max ein Versager oder so war; er neigte nur zu schlecht bezahlten Jobs. Er lebte noch immer von der Hand in den Mund – unterrichtete an einer Schule für Risikojugendliche östlich der Chesapeake Bay. Wohnte in einem Einzimmer-Apartment über einer Garage zur Miete.

Dass ich keine Sozialkompetenz besäße, hatte mir noch nie jemand gesagt. Jedenfalls nicht so direkt. Meine Ex-Schwiegermutter hatte mir zwar ein Büchlein mit dem Titel *Manieren für Ahnungslose* geschenkt, aber das war ja wohl nur pro forma gewesen. Ein Buch über Umgangsformen kann jede Braut gebrauchen. Sie hatte mir damit keinen Hinweis geben wollen.

Ich hatte mich schriftlich für das Buch bedankt, um meine tadellosen Manieren unter Beweis zu stellen, und dann hatte Max vorgeschlagen, seine Eltern zum Essen einzuladen und die Etikette auf die Spitze zu treiben – mit Fingerschalen nach der Suppe, etwas in der Art. War natürlich nur ein Scherz gewesen. Ich glaube, seine Eltern waren in Wirklichkeit nicht ein einziges Mal bei uns zum Essen.

Dachte Marilee, ich wäre vermögend? Ich konnte es mir nicht *leisten*, die Arbeit aufzugeben!

Die Kaminuhr raffte unter lautem Surren ihre Zahnräder zusammen und gab mehrere wackelige Schläge von sich. Neun Uhr, dachte ich; aber von wegen, es war schon zehn. Ich hatte offenbar wie betäubt dagesessen. Ich stand auf und hängte meine Handtasche in den Schrank, als ich vor dem Fenster, hinter der Gardine, eine Bewegung wahrnahm, eine dunkle, schwerfällige Gestalt, die sich durch den Vorgarten kämpfte. Ich schob die Gardine ein Stückchen zur Seite. Oh mein Gott, Max. Max mit einer Reisetasche über der Schulter und einem sperrigen Hartschalen-Koffer in der linken Hand.

Ich öffnete die Vordertür und sah ihn durch das Fliegengitter hindurch an. »Das ist jetzt nicht wahr«, sagte ich.

»Du bist zu Hause?«

»Ja …«

»Debbie ist bei einem Schönheitstag oder wie das heißt.«

»Genau«, sagte ich.

»Dabei hat sie gewusst, dass ich komme. Ich habe es mit ihr besprochen. Und dann bin ich da, und keiner macht auf. Ich rufe sie auf dem Handy an, und sie sagt, sie hätte mich nicht so früh erwartet.«

»Und warum *bist* du so früh gekommen?«, fragte ich.

»Ich wollte nicht in die Hauptverkehrszeit geraten. Du weißt, was freitags auf der Bay Bridge los ist.«

Ein Grund mehr, nicht auf der anderen Seite zu wohnen, hätte ich anmerken können. Ich hielt ihm die Fliegengittertür auf und griff nach dem unförmigen Koffer, aber es war gar kein Koffer, sondern eine Art Tiertransportbox. Durch das Drahtgitter an der einen Seite blickte etwas mit leuchtenden Augen munter und wachsam hinaus. Max schwenkte die Box ein Stück von mir weg und sagte: »Geht schon.«

»Was ist das?«

»Eine Katze.«

»Eine Katze?«

»Dürfte ich vielleicht rein?«

Ich machte Platz, und er stapfte schnaufend ins Haus und brachte die Dielenbretter zum Federn. Max war zwar keineswegs dick, aber *wuchtig*, breitschultrig; er machte immer den Eindruck, mehr Raum für sich zu beanspruchen, als ihm zustand, obwohl er nicht wesentlich größer war als ich. In den Jahren seit unserer Scheidung hatte er sich einen Bart wachsen lassen, ob absichtlich oder nicht; vielleicht hatte er auch nur eine Zeit lang vergessen, sich zu rasieren. Kurzes graues Gekräusel passend zum gekräuselten Grau seines Kopfhaars. Und in Hinblick auf seine Kleidung hatte er offenbar kapituliert; sein Standard waren ausgeleierte Strickoberteile und weite Khakihosen. Hoffentlich hatte er für die Hochzeit einen Anzug dabei. Bei ihm wusste man nie.

»Hättest du die Katze nicht mit ein bisschen Futter und Wasser zu Hause lassen können?«, fragte ich, während ich ihm durchs Wohnzimmer folgte. »Als wäre es nicht schon genug, dass *du* mitten während der Hochzeitsvorbereitungen bei Debbie übernachtest!«

»Sie hatte nichts dagegen«, konterte Max. »Sie meinte, es wäre kein Problem.«

»Gut, aber dann auch noch mit Katze! Katzen kommen sehr gut allein zurecht. Eigentlich sind sie sogar am liebsten allein.«

»Die hier nicht.« Er stellte die Box auf die Arbeitsfläche in der Küche. »Die ist noch zu neu.«

»Ein Junges?«

»Nein, sie ist alt.«

»Du hast doch gerade –«

»Eine alte Katze, die einer sehr alten Frau gehört hat, und diese Frau ist gestorben, und jetzt trauert die Katze.«

Ich hätte dazu gleich mehrere Fragen gehabt, aber ich sparte sie mir. Ich beugte mich vor, um die Katze anschauen zu können. »Weiß Debbie, dass du sie mitbringst?«, fragte ich Max.

»Jetzt schon.«

Ich wartete.

»Es ist kompliziert.« Er hob die Schulter und tupfte sich das Gesicht daran trocken. »Ich habe sie angerufen und gefragt: ›Wo *bist* du?‹, und sie hat gesagt, dass sie beim Schönheitstag ist. ›Hast du den Schlüssel irgendwo hinterlegt?‹, habe ich sie gefragt, und sie meinte Nein, aber sie wäre in ein paar Stunden zurück. ›In ein paar Stunden?‹, habe ich gesagt. ›Ich kann nicht ein paar Stunden warten! Ich habe eine Katze dabei!‹ Und sie darauf: ›Eine was?‹ Und dann ist sie an die Decke gegangen. Ihr kommt keine Katze ins Haus, hat sie gesagt. Kenneth ist gegen Katzen allergisch.«

»Ach wirklich?«

»Eine *lebensbedrohliche* Allergie, hat sie wörtlich gesagt.«

»Aber Kenneth wohnt ja nicht dort.«

»Mach dir nichts vor – er übernachtet oft bei ihr, und außerdem zieht er nach der Hochzeit bei ihr ein.«

»Gut, aber erst *nach* der Hochzeit.«

»Eine lebensbedrohliche Allergie, Gail. Das heißt, wenn er ein Haus betritt, in dem sich auch nur ein paar Haare einer Katze befinden, und selbst wenn die Katze schon lang weg ist, braucht er einen Respirator.«

»Einen Respirator?«

»Oder wie die Dinger heißen, die Asthmatiker immer dabeihaben müssen.«

»Du meinst einen Zerstäuber.«

»Nein, keinen Zerstäuber. Wie heißt das noch gleich? Verdampfer?«

Ich überlegte.

»Jedenfalls hat Debbie das behauptet. Sie hat behauptet, dass er nur neben ihr stehen muss, und wenn an ihrem Pulli Katzenhaare hängen, schnürt es ihm alles zusammen, und er braucht einen …«

Wir standen da und grübelten.

Die Katze machte: »Hmm?«

Wir sahen zur Box.

»Wie auch immer«, sagte Max, löste die beiden Schnappverschlüsse und nahm den Deckel ab. Doch anstatt aus der Box zu hüpfen, duckte sich die Katze noch tiefer und sah zu mir hinauf. Eine schwarz-grau getigerte Katze mit einem runden Gesicht. »Mir ist nichts anderes eingefallen, als zu dir zu fahren«, sagte Max. »Wo *du* deinen Schlüssel versteckst, weiß ich. Ich hatte nicht damit gerechnet, dass du unter der Woche zu Hause bist.«

»Tja, also …«, sagte ich. Und zur Katze: »Na, du!«

Sie richtete den Blick auf mich.

»Wie heißt sie?«, fragte ich.

»Weiß ich nicht.«

»Was? Wie kann man so etwas nicht wissen?«

»Ich bin nur ihr Betreuer«, erklärte er. »Ich arbeite ehrenamtlich für ein Tierheim, das Leute braucht, die Tiere in Pflege nehmen, bis jemand sie adoptiert. Normalerweise Katzenjungen – haufenweise wilde Kätzchen, die erst mal gezähmt werden müssen –, aber die hier ist eine Seniorin. Ich glaube, ich nenne sie Pearl, zumindest solange sie bei mir ist.«

»Pearl?«

»Ja, wegen der Farbe.«

»Eine Katze nennt man nicht Pearl!«

»Warum nicht?«

»Katzen haben kein Ohr für Sprache«, antwortete ich. »Da sind sie ganz anders als Hunde. Katzen nehmen nur den allgemeinen Tonfall des Menschen wahr, und ›Pearl‹ klingt, als würde man knurren.«

»Findest du?«

»Ja, genau wie ›Ruby‹. Oder ›Rhinestone‹.«

»Aha!«, sagte Max. »Siehst du? Alles wendet sich zum Guten.«

»Wieso? Was soll das heißen?«

»Du bringst mir etwas über Katzen bei. Und wer weiß – vielleicht nimmst du sie sogar zu dir.«

»Max«, sagte ich. »Manchmal frage ich mich wirklich, ob du mich auch nur ein klitzekleines bisschen kennst.«

»Aber du liebst Katzen! Du hattest diese hässliche kleine Glückskatze. Und die hier ist ältere Frauen gewohnt.«

»Danke.«

»Ich habe ›ältere‹ gesagt, nicht ›alte‹.«

»Ich will keine wie auch immer geartete Katze«, erwiderte ich.

»Was hältst du von ›Mary‹?«, fragte er. »Oder ›Carol‹ – wie wäre ›Carol‹?«

»Vergiss es, Max. Und bloß kein R! Ein R ist immer ein Knurrlaut.«

»Ja, stimmt. Danke.« Er schwieg. »Und ›Lucy‹?«

»Vergiss es, habe ich gesagt.«

Er seufzte.

»Du könntest sie in ein Tierheim hier in Baltimore bringen«, sagte ich. »Man würde sie bestimmt nicht abweisen.«

»Wir dürfen unsere Schützlinge nicht einfach irgendwo abladen. Nein, ich lasse sie besser hier bei dir und nehme sie wieder mit nach Cornboro, wenn du sie partout nicht willst.«

»Ich will sie auf gar keinen Fall. Und einen Übernachtungsgast auch nicht.«

»Ja, aber meine Kleidung ist inzwischen voller Katzenhaare. Ich kann unmöglich zu Debbie, nicht mal ohne Katze.«

»Ich weiß nicht, ob du überhaupt zur Hochzeit gehen solltest«, sagte ich. »Stell dir vor, Kenneth bekommt keine Luft mehr, während sie sich das Jawort geben.«

Ich sagte das aus reiner Boshaftigkeit. Ich bezweifelte nämlich stark, dass Kenneth keine Luft bekommen würde; er hatte immer einen sehr robusten Eindruck auf mich gemacht.

Max reagierte pikiert. »Ich soll nicht zur Hochzeit meiner eigenen Tochter gehen?«

»Oder du ziehst einen Regenmantel an. Oder einen Chemikalienschutzanzug.«

Das Küchentelefon klingelte. Wir sahen beide hin. Es klingelte noch einmal und dann noch mal. »Gehst du nicht dran?«, fragte Max.

Ich dachte allerdings, dass es Marilee sein könnte, und prompt meldete sich nach meiner Ansage Marilee und fragte: »Gail? Bist du da?«

Genau aus diesem Grund hatte ich noch einen echten, physisch existenten Anrufbeantworter. Es gab einfach zu viele Leute, mit denen ich nicht unbedingt jederzeit reden wollte.

»Wir müssen unbedingt reden«, sagte Marilee. »Hebst du bitte ab?«

Max sah mich stirnrunzelnd an.

»Hör gar nicht hin«, sagte ich.

»Was ist da los?«

»Gar nichts ist los.«

»Na dann …«

Der Anrufbeantworter schaltete sich ab. Ich wandte mich wieder der Katze zu und schloss kurz die Augen vor ihr. Katzen empfinden das als beruhigend, es ist für sie, als würde man lächeln. Dann blickte ich in eine andere Richtung. Gleich darauf hörte ich etwas rascheln, und als ich zur Seite spähte, sah ich, dass sie sich streckte und nach und nach vorsichtig aus der Transportbox und auf die Arbeitsfläche trat. »Ein kleines Gewichtsproblem«, murmelte ich.

Wie um meine Einschätzung zu bestätigen, landete sie mit einem dumpfen Geräusch auf dem Boden.

»Das kommt bestimmt vom Stress«, sagte Max. »Sie war eine Zeit lang ganz allein, bis bemerkt wurde, dass ihre Besitzerin tot war.«

Ich schnalzte verständnisvoll mit der Zunge.

»Was ist denn mit Marilee?«, fragte Max. Sich aus anderer Leute Angelegenheiten rauszuhalten, hatte noch nie zu seinen Talenten gezählt.

Ich sagte: »Nichts ist mit Marilee.«

Die Katze hatte sich inzwischen auf den Weg ins Wohnzimmer gemacht, und ich tat wichtig und folgte ihr. Einmal blieb sie stehen und schnupperte an den Teppichfransen, dann tappte sie zu einem Sessel und sprang geschmeidiger als erwartet hinauf.

»Worüber will sie mit dir sprechen?«, fragte Max, der mir gefolgt war.

Ich gab auf. »Sie setzt sich im Herbst zur Ruhe und will, dass der Schulausschuss eine andere zu ihrer Nachfolgerin bestimmt, eine aus Nashville. Und die aus Nashville bringt ihre eigene Stellvertreterin mit. Ich sollte also besser kündigen, bevor ich gefeuert werde.«

»Sehr gut!«, sagte Max.

Ich drehte mich um und sah ihn an.

»Deine große Stärke ist das Unterrichten, das weißt du selbst«, sagte Max. »Du kannst wahnsinnig gut mit Kindern, die Angst vor Mathe haben.«

»Du vergisst, dass Lehrer nichts verdienen«, entgegnete ich. »Warum hätte ich sonst so viel Zeit und Mühe auf meinen Master-Abschluss verwendet?«

»Na und? Debbie ist mit dem Jurastudium fertig. Du kannst jetzt wieder das machen, was du gut kannst.«

»So einfach ist das nicht.«

Immerhin – er hatte gesagt, dass ich etwas gut könne, und das fand ich nett von ihm.

Doch er wechselte das Thema. »Ich bring dann mal die Sachen für die Katze rein«, sagte er, ging nach draußen und ließ die Haustür offen, obwohl die Klimaanlage lief.

Ich widmete mich wieder der Katze. Sie lag wie ein Brotlaib mit unter sich eingeschlagenen Pfoten im Sessel, und als sie bemerkte, dass ich sie ansah, schloss sie träge die Augen und öffnete sie sofort wieder.

Max kehrte mit einem Sack Katzenfutter zurück, der in einer braunen Plastikwanne steckte, und in der freien Hand trug er einen größeren Sack mit Streu. »Wohin soll das Katzenklo? In die Küche?«, fragte er mich.

»Nicht in die Küche! Also wirklich! Stell es ins Gästebad.«

Er ging ins Gästebad. Die Haustür stand natürlich immer noch offen. Ich ging hin und knallte sie zu.

Er hatte auf dem Rückweg vom Bad seine Reisetasche aus der Küche geholt und trug sie die Treppe hinauf. »Bettwäsche ist im Badezimmerschrank?«, rief er zu mir hinunter.

»Du brauchst keine, das Bett ist gemacht.«

»Nur gut, dass meine Mutter nicht mehr lebt!«, rief er. »Du weißt bestimmt noch, dass sie Gästebetten, die nicht ganz frisch bezogen waren, verabscheut hat.«

»Oh, nicht ganz frisch bezogene Gästebetten!«, erwiderte ich sarkastisch. »Und ›verabscheut‹ sogar!« Ich folgte ihm die Treppe hinauf. Mir war eingefallen, dass über das gesamte Bett verteilt alte Fotos lagen, die ich für eine Darbietung auf der Hochzeitsfeier durchgesehen hatte. »*Manieren für Ahnungslose*«, sagte ich.

»Hä?«

Ich stürmte vor ihm ins Gästezimmer und schob die Fotos zusammen, wodurch die Reihenfolge durcheinandergeriet. »Ach guck mal da!«, sagte Max erstaunt. »Wir in Bethany Beach.«

Er hatte ein Bild im Geldbeutelformat von einem Kissen genommen; der Rand war gezackt wie bei den Fotos früher. Max und ich, sehr jung und unfertig, und Debbie, wahnsinnig süß, in einem Badeanzug mit Rüschenröckchen. Das Foto würde nicht verwendet werden. Kenneths Mutter hatte für alle Fotos ein größeres Format vorgegeben. Aber Debbie sah auf dem Bild zum

Niederknien aus! Sie hatte diese winzigen hellen Sommersprossen, die jeden Sommer kamen und bis Thanksgiving auf magische Weise wieder verschwunden waren. Ich nahm Max das Foto aus der Hand und betrachtete es. »Du solltest deine Haare wieder lang wachsen lassen«, sagte Max.

»Von hinten Blondine, von vorn Ruine.«

»Was?«

Ich schob das Foto in den Stapel und wandte mich zum Gehen, warf aber noch einen Blick hinter mich und sagte: »*Du* findest nicht, dass ich keine Sozialkompetenz habe, oder?«

»Hmm?«

»Marilee meint, dass mir jede Sozialkompetenz abgeht.«

»Aha«, sagte er.

Doch er war nicht ganz bei der Sache. Er hatte seine Reisetasche aufs Bett gestellt und öffnete den Reißverschluss.

»Ich bin zwar nicht der kontaktfreudigste Mensch der Welt, das ist mir klar«, sagte ich, »aber im Grunde halte *ich* den Laden zusammen. Nehmen wir die Corona-Zeit: Ich bin damals als Einzige jeden Tag in die Arbeit gegangen, habe mich um die Post und das Servicepersonal gekümmert und sogar mit einem besonders hartnäckigen Vater einen Rundgang durch die Schule gemacht. Bei geöffneten Fenstern natürlich.«

»Genau.« Max entnahm der Tasche ein zylinderförmiges Ding aus zerknittertem khakifarbenem Stoff und entrollte es – ein Sakko. Hielt es hoch und betrachtete es.

»Man muss sich schon sehr im Griff haben, um mit einem Mann, der die Maske unterhalb der Nase trägt, ein direktes Gespräch zu führen«, sagte ich.

»Ich hätte da eine Idee«, sagte Max. »Wie du weißt, wohnen in meiner Gegend viele Senioren – Leute, die sich als Rentner östlich der Bay niedergelassen haben. Ich habe mir schon immer gedacht, dass man dort ein Lebensmittelgeschäft eröffnen sollte, das ›Der Single-Markt‹ heißt. Verstehst du, worauf ich hinaus will?«

»Der …?«

»Ein Laden, der alles in Single-Mengen verkauft. *Eine* Karotte, nicht eine ganze Tüte. *Zwei* Doughnuts, nicht zwölf. *Sechs* Stangen Spargel.«

»Äh …«

»Du solltest es dir überlegen!«

»Was genau sollte ich mir überlegen?«, fragte ich.

»Überleg dir, ob du nicht ein Lebensmittelgeschäft östlich der Bucht aufmachen willst.«

Ich sah ihn an. »Du findest also *doch*, dass mir die Sozialkompetenz fehlt!«

»Nein, ich wollte nur …«

»Zuerst sagst du, dass ich so gut darin bin, Kindern die Angst vor Mathe zu nehmen, und dann soll ich Spargelverkäuferin werden! So wenig hältst du in Wahrheit von mir?«

»Nein, hör zu – diesen Fehler machst du immer wieder. Du pickst dir etwas heraus, was ich gesagt habe, und interpretierst es völlig falsch. Mit dir kann man einfach nicht vernünftig reden.«

»Wenn du meinst«, sagte ich. Und dann: »Ich fahre zur Reinigung. Tschüss.«

»Was – jetzt?«

»Ja, jetzt.«

Ich verließ das Zimmer, stapfte die Treppe hinunter, schnappte mir meine Tasche und ging zum Auto.

Und natürlich hatte er so dicht hinter mir geparkt, dass ich ewig rangieren musste, bis ich endlich losfahren konnte.

Ich war seit Jahren Kundin einer bestimmten Reinigung – ein kleiner Laden in der Bachelor Street mit einem schmächtigen, stets mürrischen Mann hinter der Theke, der nie zu erkennen gab, dass er mich schon einmal gesehen hatte. Deshalb reichte ich ihm wortlos meinen Abholschein, er nahm ihn schweigend entgegen und hob einen Bügel mit einem Kleid vom Ständer. Mein offizielles Elternabendkleid im Hemdblusenstil, hellgrau. Bei der Hochzeit selbst würde ich allerdings mein schönstes Outfit tragen, ein Kleid aus einem seidenähnlichen Stoff in dunklerem Grau. (Ich habe es nicht so mit Farben.) Debbie hatte angeboten, mir beim Kauf eines Brautmutterkleids zu helfen, aber weshalb viel Geld für etwas ausgeben, was man nur ein Mal trägt.

Ich hängte das Hemdblusenkleid im Auto an einen Haken und wollte mich gerade hinters Steuer setzen, als mein Blick auf den Laden fiel, vor dem ich parkte:

Sheila's Hair Salon. Ich überlegte. Dann schloss ich die Fahrertür wieder.

Der Salon war winzig. Ein einziger Stuhl. Kein Wunder, dass mir der Laden nie aufgefallen war. Und kein Mensch zu sehen. »Hallo?«, rief ich.

Von hinten näherten sich Schritte, und es erschien eine ziemlich junge Frau mit sehr grell pink gefärbtem Haar, das auf der einen Seite bis zur Schulter reichte, auf der anderen aber über dem Ohr vollständig abgeschoren war. »Oh«, sagte ich. Und dann: »Ich habe gar keinen Termin …« Während ich sprach, ging ich rückwärts Richtung Eingang. »Ich rufe vielleicht später an und –«

»Kein Problem, ich habe zufällig gerade Zeit«, erwiderte die Frau. »Was hätten Sie gern?«

»Ein bisschen mehr … Volumen vielleicht. Es ist für die Hochzeit meiner Tochter. Aber ich würde eigentlich –«

»Das lässt sich machen«, sagte sie. »Wann heiratet Ihre Tochter?«

»Morgen. Und heute Abend findet nach der Probe ein Essen statt.«

»Cool! Nehmen Sie Platz.«

Sie deutete auf den Stuhl, und ich setzte mich. Ich war zwar seit Jahren nicht mehr beim Friseur gewesen, erinnerte mich aber vage an eine Art Willkommensritual, bei dem der Kundin die Handtasche abgenommen und in Reichweite verstaut wurde. Hier gab es dieses Ritual nicht. Ich saß, die Tasche aufrecht auf den Knien, kerzengerade da und fühlte mich eher wie eine Bewerberin, nicht wie eine Kundin. Die junge Frau ging um mich herum. Sie hob eine Haarsträhne an und ließ sie wieder fallen, so als hätte die Inspektion Mängel zum Vorschein gebracht. »Was meinen Sie – ein bisschen kürzen?«

»Nein!« Nicht nur hatte Max angedeutet, dass meine Haare schon jetzt zu kurz seien (nämlich mehr oder weniger kinnlang), sondern ich befürchtete obendrein, dass die Frau sie mir asymmetrisch absäbeln könnte. »Man soll nur sehen, dass ich mir Mühe gegeben habe«, sagte ich. »Die Leute sollen nicht denken, mein Aussehen wäre mir egal.«

»Verstehe.« Sie nahm einen zusammengelegten Frisierumhang aus einem Regal, schüttelte ihn auf und breitete ihn über mich und die Handtasche. »Und was halten Sie von einer kleinen Tönung?«, fragte sie.

»Nein danke.«

Ich habe blondes Haar, das bis in die Spitzen hinein immer heller wird, und konnte mir nur zu gut vorstellen, wie knallig alles andere an mir aussehen würde. »Es soll nur ein bisschen voller wirken. Nicht so runterhängen.«

»Gut«, sagte sie. Aber sie klang enttäuscht.

Mir ist völlig klar, warum ich Friseursalons grundsätzlich meide: Ich weiß nie, was ich dort reden soll. In diesen Salons finden ja wahre Tratschorgien statt! Mein letztes Mal bei einem Friseur war in meiner Highschool-Zeit – sagte ich nicht, dass es Jahre zurücklag? –, und während ich mir für den Abschlussball der elften Klassen eine Beehive-Frisur drapieren ließ, berichtete die Kundin neben mir: »Jetzt habe ich *die andere* endlich gesehen.«

Die Friseurin rief »Hui!«, hielt mit dem Kamm mitten in der Bewegung inne und starrte die Kundin mit riesigen Augen an. »Und bei welcher Gelegenheit?«

»Sie kamen zusammen aus dem Morgan Millard. Haben gelacht und geturtelt und zum Glück gar nicht bemerkt, dass ich da stand.«

»Und ist sie Ihnen ähnlich?«, fragte die Friseurin. »Meiner Erfahrung nach stehen Männer immer auf denselben Typ Frau.«

»Sie sieht ganz anders aus als ich. Ziemlich farblos, muss ich sagen. Mausbrauner Pagenkopf. Klingt vielleicht arrogant, aber ich bin *wesentlich* attraktiver.«

»Tja, da haben wir's wieder. Was soll man sagen.«

Und ich? Was konnte ich *meiner* Friseurin im Vergleich dazu erzählen?, fragte ich mich. Ich war eine dünne Siebzehnjährige mit je einer Zahnspange oben und unten. Seit ich den Salon betreten hatte, war meine gesamte Konversation nicht über »Gail Simmons? Vier Uhr?« hinausgekommen; danach hatte ich der Friseurin ein Foto aus einer Zeitschrift gereicht, damit sie wüsste, wie ich es haben wollte. Das war alles gewesen.

Von da an habe ich mir die Haare immer selbst geschnitten. Es ist wirklich nicht schwer. Man darf nur nicht vergessen, sie hinten etwas mehr zu kürzen, als man denkt, um auszugleichen, dass man sie nach vorn gezogen hat.

Es hatte sich nicht viel verändert seit damals. Ich, inzwischen einundsechzig, demnächst zweiundsechzig, ließ alles über mich ergehen – Haarwäsche, Durchkämmen und eine absurd lange Föhnprozedur –, ohne ein einziges Wort von mir zu geben. Als die Friseurin meinen Stuhl herumdrehte, sodass ich wieder in den Spiegel sah, und mich »Gefällt es Ihnen?« fragte, sagte ich nur »Ja, sieht gut aus«, obwohl es nicht gut aussah. (Es war ehrlich gesagt eine Art Sphinx-Frisur mit seitlich keilförmig abstehenden Haaren.)

»Wird es eine große Hochzeit?«, fragte sie, als sie mir den Umhang abnahm.

Weil ich spürte, dass es der einzige Zweck dieser Frage war, die Stille zu übertönen, sagte ich nur »Nein« und gab ihr meine Kreditkarte.

Während ich unterschrieb, begann mein Handy zu klingeln. Ich zog es übertrieben geschäftig aus der Tasche und lief zur Tür. Es war Debbie. Draußen auf dem Gehsteig sagte ich »Hallo?«

»Mom?«

»Hi, Deb. Ist dein Schönheitstag zu Ende?«

»Nein, was glaubst *du* denn! Wir sind erst bei der Pediküre. Ich wollte nur anrufen und dir sagen, dass Dad viel zu früh bei mir war.«

»Ich weiß.«

»Und dass er eine Katze dabeihat.«

»Ich weiß.«

»Woher?«

»Er ist zu mir gekommen«, sagte ich. »Ich war zufällig zu Hause, weil … Jedenfalls ist er mit seiner Katze aufgetaucht und will im Gästezimmer übernachten.«

»Super! Bei mir kann er nämlich auf keinen Fall schlafen. Kenneth ist allergisch gegen Katzen.«

»Aber ich will nicht, dass er bei mir bleibt!«

»Es ist nur für eine Nacht, höchstens zwei, je nachdem wie spät es morgen wird.«

»Zwei Nächte? Er hatte allen Ernstes vor, in eurer *Hochzeitsnacht* bei dir zu schlafen?«

»Ja und?«, sagte Debbie.

Ich kannte diesen provozierenden Ton und ruderte etwas zurück. »Jetzt habe *ich* ihn an der Backe. Glück muss der Mensch haben.«

»So schlimm wird es schon nicht.«

»Du weißt doch, wie er sich immer breitmacht und überall einen Verhau hinterlässt. Außerdem ist er inzwischen Veganer.«

»Echt?«

»Das war doch sein Neujahrsvorsatz, weißt du nicht mehr?«

»Na und? Du musst ihn schließlich nicht bekochen. Heute findet das Essen nach der Hochzeitsprobe statt und morgen das ... Warte mal, hat er gesagt, dass er Veganer ist, als er auf die Einladung für morgen geantwortet hat?«

»Woher soll ich das wissen?«

Ich stieg in mein Auto. Es hatte sich so stark aufgeheizt, dass die beiden Haarklumpen rechts und links von meinem Gesicht in sich zusammenfielen – was wahrscheinlich ohnehin das Beste war.

»Er braucht in jedem Fall heute etwas zu Mittag und morgen Frühstück und Mittagessen. Vielleicht sogar noch ein Frühstück übermorgen, falls er nicht sofort nach der Hochzeit zurückfährt.«

»Na wenn schon – er erwartet bestimmt nicht, dass du für ihn kochst.«

»Klar, er wird die ganze Zeit sagen ›Bloß keine Umstände wegen mir!‹ oder ›Keine Angst, ich finde schon irgendwas‹, und das Ende vom Lied wird sein, dass er meinen gesamten Kühlschrank ausräumt und dann alles auf der Arbeitsfläche stehenlässt.«

Debbie schwieg – ihre übliche Taktik, wenn ich mich bei ihr über Max beklagte. Ich beschloss damit aufzuhören und sagte: »Jetzt erzähl mal – wie läuft dein Schönheitstag?«

»Sehr gut«, antwortete sie fröhlich.

»Ich komme gerade selbst vom Friseur«, sagte ich. »Ich habe mir heute freigenommen. Ich habe den ganzen restlichen Tag nichts zu tun.«

»Klingt gut.« Plötzlich war sie kurz angebunden. »Also bis heute Abend.« Sie legte auf.

Ich starrte noch eine Weile auf mein Handy, dann steckte ich es in die Tasche zurück. Dabei fiel mein Blick auf meine Geldbörse, aus der das Kosmetikpröbchen hervorlugte, das ich im Salon zusammen mit der Rechnung bekommen hatte. Ich zog es heraus und betrachtete es. *Remarkable Rouge Co.* stand darauf. *Jugendlicher Glow mit Sofort-Effekt für Wangenknochen und Augenlider.* Ich riss das Tütchen an der Einkerbung auf und schnupperte am Inhalt. Es roch irgendwie fruchtig; nicht mein Geschmack. Ich drückte mir ein kleines bisschen auf die Fingerspitze und tupfte es auf einen Wangenknochen. Im Rückspiegel sah das Ganze so aus, als hätte ich mir versehentlich Mayonnaise ins Gesicht geschmiert. Ich wischte es weg. In meinen Augen waren Tränen, und ich hatte keine Ahnung warum. Ich warf das Pröbchen in die Tasche und ließ den Motor an.

Ich hatte Max unterschätzt. Als ich nach Hause kam, hatte er ein leckeres Mittagessen für uns beide zubereitet – Käsetoast und Salat –, und von Unordnung konnte fast nicht die Rede sein. Er entzündete die Flamme unter der Grillpfanne zwar erst in dem Moment, als ich die Küche betrat, aber der Tisch war gedeckt und der Salat angemacht. »Käsetoast?«, sagte ich. »Ich dachte, du ernährst dich nur noch vegan.«

»So vegan auch wieder nicht«, erwiderte er. »Eher in Richtung vegetarisch.«

»Gut«, sagte ich.

Ich legte das Kleid für die Hochzeitsprobe über einen Stuhl und setzte mich auf den daneben. Ich dachte, Max würde die neue Frisur kommentieren, doch als er sich vom Herd wegdrehte und mich ansah, fragte er: »Gaily-Girl, hast du geweint?«

»Was? Nein«, antwortete ich.

»Kommt mir aber so vor, als hättest du –«

»Ich begreife nicht, warum du dich überhaupt vegan ernähren willst«, sagte ich. »Der Mensch ist schließlich nicht von Natur aus Veganer.«

»Ich bin fünfundsechzig, vergiss das nicht.« Er drehte sich wieder zum Herd. »Mein Arzt sagt, dass ich proaktiver leben sollte. Ich muss jetzt jeden Morgen drei

Kilometer zu Fuß gehen, meinen Salzkonsum einschränken und Pegelübungen machen.«

»*Was* musst du machen?«

»Na ja, die Beckenbodenmuskeln anspannen und wieder entspannen.«

»Ach so, Kegelübungen.«

»Genau, Kegelübungen.« Er schob den Pfannenheber unter einen Toast und drehte ihn um. »Die Beckenmuskeln drei Sekunden anspannen und drei Sekunden entspannen, anspannen und –«

»Ich habe es ehrlich gesagt gerade gemacht«, verkündete ich.

»Ich auch«, sagte er.

Wir kicherten.

Ich hatte ganz vergessen, wie traut es mit ihm sein konnte.

Aber dann musste er natürlich besserwisserisch und belehrend den Pfannenheber auf mich richten. »Na klar hast du geweint«, sagte er. »Völlig verständlich, du verlierst deine einzige Tochter.«

»Ich verliere sie überhaupt nicht!«

»In gewisser Hinsicht schon.«

»Nein, nicht mal in gewisser Hinsicht. Sie wird nach wie vor zwanzig Minuten von mir entfernt wohnen und erweitert unsere Familie um einen Mann, mit dem ich mich sehr gut verstehe.«

»Aber er wird ihre ganze Zeit in Anspruch nehmen«, wandte Max ein. »Und er wird verlangen, dass sie an den Feiertagen zu *seiner* Familie mitkommt. Dann kriegst du sie praktisch nicht mehr zu sehen.«

»Mach dich nicht lächerlich«, erwiderte ich. »Wo ist die Katze?«

»War sie nicht im Wohnzimmer?«

»Nicht dass ich wüsste.«

»Eines habe ich mir noch überlegt, falls du sie doch nimmst«, sagte er, während er einen Toast auf meinen Teller gleiten ließ. »Soweit ich weiß, gibt es für extrem allergische Menschen inzwischen vorbeugende Spritzen. Nur falls du dich sorgst, dass Kenneth dich möglicherweise nicht mehr besuchen würde.«

»Nicht im Traum hatte ich diese Sorge«, entgegnete ich. »Ich nehme die Katze auf keinen Fall, Max, schlag es dir aus dem Kopf. Jetzt im Augenblick ist sie allerdings hier – welche Auswirkungen könnte das haben, wenn Kenneth in nächster Zeit beispielsweise zum Abendessen zu mir kommt? Wie lange halten sich diese Haare?«

»Keine Ahnung«, antwortete Max. Es schien ihn nicht weiter zu kümmern. Er legte den anderen Toast auf seinen Teller, stellte die Grillpfanne auf den Herd und setzte sich mir gegenüber.

»Haare«, murmelte ich versonnen. »Eigentlich ein komisches Wort.«

Er nahm sich Salat und reichte mir die Schüssel.

»Wenn man es mehrmals hintereinander sagt, klingt es, als hätte man es erfunden«, sagte ich.

»Mit ihren Kindern könnte es allerdings problematisch werden.«

»Ihren Kindern?«

»Falls sie seine Allergie erben.«

»Dann dürfte ich eben keinen Kontakt zu ihnen haben.«

Er starrte mich an. Offenbar dachte er, ich hätte das ernst gemeint.

»Also, die Probe läuft folgendermaßen ab«, sagte ich. »Wir treffen uns um halb sechs vor der Kirche – Debbie und Kenneth, Kenneths Eltern und Elizabeth, seine Schwester. Sie ist Debbies erste Brautjungfer, ihre Maid of Honor. Außerdem zwei weitere Brautjungfern, Bitsy Taylor und Caroline Byrd. Die kennst du noch aus Debbies College-Zeit.«

»Ja?«

»Ja. Und dann noch Kenneths Onkel ... Jason? Jonas? – der ihm als Best Man zur Seite steht, und zwei Freunde von Kenneth, die ebenfalls mithelfen – wie sie heißen, weiß ich nicht –, und du und ich und meine Mutter.«

»Deine Mutter ist in den Ablauf der Trauung miteingebunden?«

»Nein, aber sie will nichts verpassen.«

»Eine Menge Leute«, sagte Max und biss in seinen Toast.

»Weniger als bei den meisten Hochzeiten«, widersprach ich. »Und es wird auch nicht super förmlich. Immerhin ist Debbie schon dreiunddreißig.«

»Na und? Das ist heutzutage kein Alter.«

»Stimmt. Trotzdem wäre der übliche Schnickschnack in dieser Lebensphase nicht angebracht. Deshalb trägt sie auch kein bombastisches langes Kleid mit Schleppe, und es gibt keine Blumenmädchen und keinen Chor, sondern nur die Organistin der Kirche. Soviel ich weiß, wird sie irgendwas Dezentes spielen, als Hintergrundmusik.«

»Soll ich sie zum Altar führen?«

»Die Organistin?«

»Debbie. Soll ich mit ihr am Arm durch den Mittelgang gehen und sie dem Bräutigam übergeben?«

»Nein, nein, sie geht allein. Dort wartet Kenneth neben dem Pfarrer, Reverend – wie hieß er noch? Und wir zwei sitzen in der ersten Reihe links – das ist die Brautseite. Kenneths Eltern sitzen rechts.«

»Sind sie noch verheiratet?«

»Ja, natürlich.«

»Und wir sitzen nebeneinander, obwohl wir *nicht* mehr verheiratet sind?«

»Ja. Es sei denn du hättest etwas dagegen.«

»Nein. Ich dachte nur, dass man das falsch verstehen könnte.«

»Inwiefern falsch verstehen?«

»Die Leute könnten denken, wir wären ebenfalls noch verheiratet.«

Manchmal fragte man sich wirklich, was in seinem Kopf vorging.

»Keine Ahnung, was sie denken könnten«, sagte ich. »Jedenfalls wird der Pfarrer ›Wer segnet die Entscheidung dieses Paares?‹ sagen und *nicht* ›Wer übergibt diese Frau?‹. Begreifst du den Unterschied? Wir haben nicht das Recht, sie zu übergeben. Und dann stehen wir auf und sagen gleichzeitig: »Wir.«

»Wie machen wir das?«

»Wie machen wir *was*?«

»Wie kriegen wir es hin, dass wir es gleichzeitig sagen?«

»Äh …«

»Wir sollten uns an den Händen halten«, sagte Max.

»An den Händen halten?«

»Ja, dann drücke ich deine Hand, und wir beginnen genau im selben Moment zu sprechen.«

»Gut.«

»Andererseits werden die Leute dann *wirklich* denken, wir wären noch immer verheiratet.«

»Max«, sagte ich, »zu dieser Hochzeit sind weniger Leute eingeladen als zu manchem Abendessen, bei dem ich war. Jeder Anwesende kennt unsere gesamte Familiengeschichte.«

»Kenneths Leute nicht. Ich bin diesen Menschen noch nie begegnet.«

»Die sind inzwischen bestimmt vollumfänglich informiert«, erwiderte ich. »Der Salat schmeckt übrigens köstlich.«

»Danke! Ich fand es toll, dass du Palmherzen in deinem Küchenschrank hattest.«

»Es waren Palmherzen da?«

»Mist – ich hätte mir das Verfallsdatum ansehen sollen.«

»Wie du weißt, gebe ich darauf nichts.«

»Erinnerst du dich an *unsere* Hochzeit?«, fragte er.

»Wir hatten keine Hochzeit«, sagte ich.

»Und ob wir eine hatten! Eine wunderschöne private Trauung im Rathaus.«

»Ach ja, stimmt. Du in Jeans und einem bunten afrikanischen Hemd.«

»Und du ganz in Schwarz mit schwarzer Strumpfhose.«

Ich verputzte mein letztes Stück Toast und wischte

mir die Finger an der Serviette ab. »Also, das Essen nach der Probe«, sagte ich, »ist nichts Formelles. Das heißt, es findet zwar in einem schönen Restaurant statt, aber ohne Trinksprüche, Reden und so weiter.«

»Das heben sie sich für morgen auf«, mutmaßte Max, »für das Festessen nach der Trauung.«

»Auch da wird es eher schlicht zugehen. Du kennst ja unsere Tochter – es bleibt alles im Rahmen.«

Max schmunzelte zustimmend.

»Hast du der Katze gezeigt, wo ihr Klo ist?«, fragte ich ihn.

»Das findet sie selbst raus.«

Ich sah zum Gästebad. »Auch bei geschlossener Tür?«

»Autsch.«

Ich ging die Tür öffnen. Das Katzenklo stand mit Streu gefüllt, aber unbenutzt neben der Toilette. Ich setzte meinen Weg Richtung Wohnzimmer fort. »Katze?«

Max folgte mir. »Mieze-Mieze-Mieze?«

Ich ging die Treppe hinauf und ins Gästezimmer, weil ich dachte, dass es dort für sie vertraut riechen würde – schließlich lagen Max' Sachen in diesem Raum –, doch auch dort keine Spur von ihr. Dann weiter in mein eigenes Zimmer, und da lag sie auf meinem Kissen und schlief. Sie hob den Kopf und sah mich an. »Oooh, schau nur, sie hat sich dein Bett ausgesucht!«, sagte Max.

Ich hob sie hoch und übergab sie ihm. »Zeig ihr, wo ihr Klo ist!«

»Wird gemacht. Komm, meine Mieze!«, sagte er zu der Katze.

»Und lass *bitte* die Tür zum Gästebad offen!«

»Alles klar.« Er ging.

Ich trat vor die Kommode und betrachtete meine Frisur im Spiegel. Sie erinnerte zwar nicht mehr so sehr an eine Sphinx, aber ein bisschen standen die Haare rechts und links immer noch ab. Deshalb ging ich ins Bad, ließ Wasser über den Kamm laufen und fuhr mir damit durchs Haar, bis es gerade runterhing. Mein Gesicht sah völlig normal aus, fand ich. Keine Ahnung, warum Max dachte, ich hätte geweint.

Bei meiner Hochzeit trug ich einen schwarzen Rollkragenpulli, einen schwarzen Rock und eine schwarze Strumpfhose.

Wir hatten uns kennengelernt, als er in das Haus zog, in dem ich mit drei Lehrerkolleginnen wohnte. Anfangs war ich nicht gerade freundlich zu ihm. Erstens war er der einzige Mann in unserer Gruppe – Polly Soames hatte ihn uns aufs Auge gedrückt, als sie heiratete und auszog. Außerdem hatte er einen sehr temperamentvollen Hund mitgebracht, ohne um Erlaubnis zu fragen, hinterließ überall, wo er gesessen hatte, einen Saustall, stellte sein Radio zu laut und blieb zu lange auf, wenn der Rest von uns längst im Bett war. (Er arbeitete damals in einem Schülerhort in der Innenstadt, hatte also andere Dienstzeiten als wir.) Obendrein naschte er ständig von Sachen im Kühlschrank, die ihm nicht gehörten. Einmal aß er den gesamten Inhalt eines Konservenglases mit der Aufschrift *VORSICHT – ABWASSERPROBE*, weil er dachte, dass eine von uns mit diesem Trick ihre Hühnersuppe schützen wollte. Es war zwar tatsächlich ein Trick, aber jeden anderen hätte es peinlich berührt, dass die Besitzerin es überhaupt für nötig befand, zu einem Trick zu greifen. Er aß das letzte Stück des Kuchens, den Julie Sears Mutter ihr zum Geburtstag gebacken hatte. An einem verregneten Tag borgte er sich Priscilla Oakleys Schirm, der immer im Schrank in der Diele lag, und, schlimmer noch, ließ ihn bei seinem Zahnarzt im Wartezimmer liegen.

Grenzen – sein großes Problem. Er kannte keine Grenzen.

Für mich waren Grenzen wahnsinnig wichtig.

Trotzdem mochte ich ihn. Er war unglaublich lieb sowohl zu Tieren als auch zu Kindern, hatte ein herziges, zutrauliches Gesicht – damals noch ohne Bart – und teilte bereitwillig alles, was er besaß, wirklich alles. Außerdem fand er mich einfach toll. Es ist schwer, einem Menschen zu widerstehen, der sich für einen begeistert. »Das liest Gail auch!«, sagte er beispielsweise zu einer Bekannten. »Gail liest *alles*. Sie liest unfassbar viel!« Oder »Du hast Spanisch studiert? Du solltest Gail Spanisch sprechen hören! Sie rollt das R wie eine Muttersprachlerin.« Er lachte immer über meine Witze und liebte die Geschichten über meine Schüler. Und dass ich mich nie schminkte, fand er hinreißend.

Als wir uns kennenlernten, hatte ich ein Verhältnis mit einem Mann, mit dem es mir aber nicht sonderlich ernst war. Und nun entstand zwischen Max und mir eine von den Beziehungen halb Flirt, halb Freundschaft, aus denen mehr als Freundschaft werden kann, sobald einer von beiden auch nur die kleinste Bewegung in diese Richtung macht. Wir saßen auf einer Wippe, könnte man sagen. Alles war in der Schwebe.

Ich hatte übergangsweise an einer Privatschule unterrichtet, wo ich eine Lehrerin vertrat, die wegen der Geburt ihres Kindes ein Jahr lang – und danach unverhofft ein weiteres Jahr – zu Hause blieb. Man hatte durchblicken lassen, dass ich eine unbefristete Stelle bekommen würde, sobald die Kollegin wieder da sei. Aber nein – als sie im nächsten Frühjahr verkündete, dass sie im September zurückkommen werde, wurde ich doch entlassen. Ich war fix und fertig. »Und ich dachte, ich hätte es richtig gut gemacht«, sagte ich zu Max, und er erwiderte: »Du *hast* es richtig gut gemacht! Du kannst nichts dafür, dass keine Stelle frei ist«, und anderes in dieser Art – was einem ein Freund eben so sagt. Er schlug vor, dass ich mich in seinem Hort bewerbe, aber ich brannte fürs Unterrichten und für nichts sonst.

Während ich den Sommer vertrödelte und auf eine andere freie Stelle hoffte, gingen Max und ich oft zusammen ins Kino, ins Café und in kostenlose Konzerte und fühlten uns zunehmend wohl miteinander. Wenn wir beispielsweise ein Café verließen, legte er mir beiläufig den Arm um die Schultern, und wenn wir in einem Horrorfilm saßen, griff ich ängstlich nach seiner Hand. Im Herbst – ich hatte mittlerweile eine Stelle in einer Schule in Baltimore County und sollte mir längst eine eigene Wohnung suchen, was ich aber nicht tat – fuhren wir eines Tages zum Picknicken ins Hunt Valley.

Das war Max' Idee gewesen. Er hatte sich offenbar gründlich kundig gemacht, denn er fuhr direkt zu einem riesigen Feld – Weizen, Hafer, Gerste oder was auch immer, so weit der Blick reichte, goldgelb, wunderschön. Seine Hündin, die natürlich dabei war – Barbara, ein fast vollständig schwarzer Labrador – lief immer wieder voraus, machte kehrt und flitzte in überschäumender Lebensfreude zu uns zurück. Unmittelbar vor mir blieb sie abrupt stehen, sprang an mir hoch und stieß mir ihren warmen Hundeatem ins Gesicht. »Da könnte man glatt eifersüchtig werden«, sagte Max und fügte an Barbara gewandt hinzu: »Aber einen guten Geschmack hast du!« Woraufhin sie bellte und wieder lossauste. Max hatte eine Einkaufstüte von Pantry Pride mit unserem Mittagessen dabei, und ich sehe noch vor mir, wie er sie auf einem Fleckchen Gras unter einer Eiche abstellt, sich umdreht und mein Gesicht mit beiden Händen umfasst. Er sah mich ernst an, beugte sich zu mir und küsste mich auf den Mund. Es war ganz unerwartet und fühlte sich gleichzeitig wie das Normalste der Welt an. Ich zögerte kurz; dann erwiderte ich seinen Kuss.

Doch damit war die Sache noch nicht geritzt, bei Weitem nicht. Er musste mich immer wieder für sich gewinnen, immer wieder von sich überzeugen. Manchmal wachte ich morgens auf – in seinem Bett mittlerweile – und fragte mich, was ich dort eigentlich machte. Dann überlegte ich, wie ich ihm erklärte, dass wir keine gemeinsame Zukunft hatten.

Das lag zum Teil daran, dass er mir oft wie entwicklungsverzögert vorkam. Ein Mann, der auf die dreißig zuging und noch immer in einem WG-Zimmer in einem Haus voller Singlefrauen wohnte! Der noch immer mit neuen Berufen experimentierte, sich immer wieder für etwas anderes begeisterte. Allein für den College-Abschluss hatte er sechs Jahre gebraucht, weil er ständig das Hauptfach gewechselt hatte. Und als Mitbewohner war er so nervig wie eh und je. Wir konnten meckern, so viel wir wollten, er änderte sein Verhalten kein bisschen.

Und trotzdem …

Ich glaube, er wusste es ganz genau. Dass ich innerlich schwankte. Und er hatte die Gabe, jedesmal zu verschwinden, wenn ich ihn unmöglich fand, und wieder ins Blickfeld zu rücken, wenn er spürte, dass er mir zu fehlen begann. Einmal war ich so wütend auf ihn, dass ich das Wochenende bei meinen Eltern verbrachte, ohne es ihm zu sagen. Er hatte nämlich meine Post gelesen. Als ich von der Arbeit heimkam, hielt er kichernd einen Brief in der Hand, den ich auf der Kommode liegen gelassen hatte, und obwohl es nur ein oberflächlicher Brief war, in dem mich meine frühere College-Zimmergenossin über den neuesten Tratsch informierte, war ich wütend und sagte es ihm, und er konnte es nicht verstehen. »Er lag ohne Umschlag da!«, sagte er. »Und es ging nur um dieses Blind Date von ihr! Wieso hast du den Brief offen auf der Kommode liegen lassen, wenn das so ein großes Geheimnis war?« Ich ging, ohne ihm eine Antwort zu geben. Schnappte mir meinen Autoschlüssel, und weg war ich. Blieb das ganze Wochenende bei meinen Eltern, und als ich mir am Sonntagnachmittag überlegte, wie ich mich nach meiner Rückkehr verhalten sollte, kam er und holte mich ab. Er hatte mit meiner Mutter telefoniert, und sie hatte bestätigt, dass ich bei ihr und meinem Vater war, obwohl sie den Grund dafür kannte. Meine Mutter war richtig verrückt nach Max. Mein Vater auch. (Dad fragte mich, wie er denn *nicht* nach einem Kerl verrückt sein könne, der mich behandle wie eine Königin.) Max tauchte also unangekündigt auf, hatte Barbara dabei, und als Barbara mich sah, legte sie sich auf den Bauch und kroch ganz kläglich und unterwürfig zu mir und wedelte mit dem Schwanz, obwohl *sie* gar nichts getan hatte. Und meine Eltern standen hinter mir und machten »Oooh!« und sagten »Schau nur, Gail! Wie kann man da widerstehen!« – was natürlich heißen sollte, wie könne ich Max widerstehen, dabei hatte Max noch nicht mal »Tut mir leid« gesagt, sondern stand nur hoffnungsvoll lächelnd da und hatte die Arme vor der Brust verschränkt. Ich weiß nicht, auf wen ich wütender war, auf ihn oder auf meine Eltern. Sogar auf Barbara war ich ein bisschen wütend. Wie konnte sie mir das Gefühl geben, biestig zu sein, und mir deshalb auch noch ein schlechtes Gewissen machen – und wie konnte sie mich so liebevoll einlullen!

Die Hochzeit im Januar ging blitzschnell über die Bühne. Hatte Max das so beschlossen, um seine Chance zu nutzen, bevor ich mich wieder umentschied? Oder ich, aus genau demselben Grund – aus Angst vor dem eigenen Wankelmut? Na ja, vielleicht war es beides ein bisschen. Jedenfalls entschieden wir uns für einen Freitagnachmittag, fuhren im eigenen Wagen ins Zentrum und stellten ihn auf einem öffentlichen Parkplatz ab. Weil für den ganzen Tag starker Schneefall vorhergesagt war, streckten alle anderen geparkten Wagen ihre Scheibenwischer in die Höhe wie Soldaten, die sich ergeben, und die Stadt wirkte erschrocken, spannungsgeladen, wie mit angehaltenem Atem.

Aber es war nie meine Art, Vergangenes noch einmal durchzuspielen. Bestenfalls kam plötzlich eine einzelne Szene hoch – Debbie, die ihre ersten Schritte machte, und plötzlich landete ihr in Plastik verpackter Popo auf dem Boden, mein Vater, wie er den *Tennessee Waltz* pfeifend an einem undichten Wasserhahn herumreparierte –, und ich dachte: Ach ja. Oder, wenn es mich wirklich überraschte: Ach ja! Dann sah ich wieder woanders hin und dachte an andere Dinge.

Weil bis zur Probe noch einige Stunden Zeit war, machte Max in seinem Zimmer ein Nickerchen. (Er hatte das schon immer als eine Art Hobby betrieben.) Ich räumte in der Zwischenzeit die Küche auf, ging die Post durch und wusch eine Trommel Wäsche. Ich spielte kurz mit dem Gedanken durchzusaugen, was aber dem schlafenden Max gegenüber unhöflich gewesen wäre. Außerdem hätte es möglicherweise die Katze erschreckt. Die Katze! Ich ging nach oben, um sie zu suchen. Sie lag wieder zusammengerollt auf meinem Kissen; hob den Kopf, stieß ein fragendes Miau aus und streckte genüsslich die Vorderbeine. Ich riskierte es und nahm sie und trug sie nach unten. Sie protestierte nicht; gähnte nur ausgiebig, als ich mich mit ihr in den Sessel setzte. »So, Madame Katze«, sagte ich, »dann erzähl mir mal deine Geschichte.« Sie schmiegte sich in meinen Schoß und schlief weiter.

Dass ich keine Katze haben wollte, hatte ich ernst gemeint. Ich wollte nicht mal eine Zimmerpflanze. Ich hatte die Lebensphase erreicht, in der ich nichts und niemanden mehr betreuen wollte. Aber im Augenblick fand ich es schön, sie hinter den Ohren zu kraulen, ihre samtweichen Vorderpfoten glattzustreichen und die Schnurrhaare über den Augen zu bewundern. Ich geriet geradezu in eine Art Trance, und als plötzlich die Haustür aufging, erschrak ich fast so sehr wie die Katze.

Es war nur Debbie. Sie sah aus wie ein Filmstar. Sie trug zwar ihre üblichen Wochenendsachen – Jeans und ein Tanktop –, war aber fantastisch geschminkt mit knallrotem Lippenstift, zartrosa Rouge und einem blaugrauen Lidschatten, der ihre wasserblauen Augen hervorhob, und ihr Haar hing wie eine spiegelglatte blonde Fläche bis zu den Schultern. »Glamourgirl!«, rief ich.

Ich hätte nie gedacht, dass ich mal eine Tochter haben könnte, die so aussehen würde wie Debbie. Als ich erfahren hatte, dass ich ein Mädchen bekommen würde, stellte ich mir ein kleines, blasses, dünnes Mädchen mit Hornbrille vor, ein ruhiges, wachsames Kind, das als Teenager kaum Dates haben und von den Freundinnen »Deborah« genannt werden würde. Doch ich habe die Erfahrung gemacht, dass Kinder Entdecker sind, die in der Wildnis andere Wege einschlagen als ihre Eltern. Sie sind nicht einfach deren Kopien. Das faszinierte mich. Mich faszinierte alles an meiner Tochter. »Eigentlich müsste eine Horde Fotografen hinter dir her sein«, sagte ich.

Sie erwiderte nur »Haha«. Die Katze kommentierte sie nicht. Sie plumpste auf die Couch, nahm sich das nächstbeste Kissen und drückte es fest an die Brust, wie ein Kind, das sein Lieblingsplüschtier umarmt.

»Was ist los?«, fragte ich.

»Nichts.«

»Ist es das Wetter?« Sie hatte sich nämlich seit Tagen wegen der Langzeitprognosen gesorgt, und prompt prasselte in diesem Moment Regen aufs Dach.

Sie schüttelte den Kopf.

Dann sagte sie: »Wo ist Dad?«

»Der ist –«

»Hier bin ich!«, rief Max, der – wie immer empfänglich für jedes Zeichen, das die Anwesenheit seiner Tochter vermuten ließ – auf Strümpfen die Treppe hinuntertappte. »Boah!«, sagte er, als er näher gekommen war. »Miss Universe!« Er beugte sich zu ihr hinunter, legte den Arm behutsam um ihre Schultern und küsste sie. »Wie war dein Damentag oder wie das heißt?«

»Gut«, antwortete sie.

»Hattet ihr Spaß?«

»Ja, ja«, sagte sie. Max sah sie argwöhnisch an und setzte sich zu ihr auf die Couch, blieb aber etwas weiter von ihr entfernt als normalerweise. Die Katze war mittlerweile verschwunden, hatte sich nach alter Katzenart auf Samtpfoten davongeschlichen.

Eine Zeit lang herrschte Schweigen. Dann sagte Max: »Was?«

»Was?«, wiederholte Debbie.

»Ist irgendwas?«

»Was soll schon sein?«, erwiderte sie.

Dann vergrub sie das Gesicht in dem Kissen, und ihre Schultern begannen zu zucken.

Ich sagte: »Debbie?«

Max sagte: »Schatz?«

»Sag uns, was los ist!«, befahl ich.

Sie hob den Kopf und tupfte sich mit dem Handrücken die Nase. Ihr Gesicht war tränennass.

»Ist etwas mit Kenneth?«, fragte ich. »Hat es mit der Hochzeit zu tun?« Dann sagte ich: »Du hast es dir anders überlegt.«

Sie streckte sich zu der Box auf dem Couchtisch hin, riss ein Kleenextuch heraus und trocknete sich behutsam die Augen.

»Du kannst jederzeit einen Rückzieher machen, das weißt du«, sagte ich. »Noch in der allerletzten Minute. Noch auf dem Weg nach vorn!«

Max rutschte unruhig auf der Couch herum und sagte: »Na ja, also …«

»Ist es das?«, hakte ich nach. »Willst du ihn nicht mehr heiraten?«

»Ich *kann* ihn nicht heiraten«, sagte sie.

So, wie sie es formuliert hatte, war mein erster Gedanke, dass sie ihn nicht heiraten *durfte*. Dass er vielleicht schon verheiratet war oder in einem heillosen rechtlichen Chaos steckte.

»Sagt wer?«, fragte ich.

»Ich sitze am Maniküretisch, okay? Will mir die Nägel machen lassen. Und Liz sitzt neben mir.«

»Liz«, sagte ich ratlos.

»Elizabeth, seine Schwester, Mom. Sie wollte sich auch die Nägel machen lassen. Hör doch mal zu.«

»Okay …«

»Und sie sagt zu mir: ›Debbie, ich bin so froh, dass Kenneth die Sache mit dir vor der Hochzeit geklärt hat. Ich habe ihn nämlich gewarnt‹, hat sie gesagt. ›Kenny, habe ich gesagt, du kannst nicht heiraten, solange diese Sache unausgesprochen zwischen euch steht‹, und er: ›Ja klar, ja klar‹, aber schiebt es ewig hinaus, bis ich schließlich gesagt habe: ›Kenneth, pass auf. Wenn du's ihr nicht sagst, sage ich's ihr.‹ Und daraufhin wollte er –«

Ich konnte nur noch mit Mühe folgen und sagte: »Also, Moment mal –«

»Und ich bin total baff«, sagte Debbie, »und frage sie: ›*Was* soll er mir sagen?‹ Und sie wird ganz still und sagt: ›O-oh.‹«

»Was sollte er dir sagen?«

»Dass er mit Carla Schmidt geschlafen hat, als ich vor ein paar Wochen beim Ehemaligentreffen in meinem alten College war.«

»Wer ist Carla Schmidt?«, fragte Max.

Ich warf ihm nur einen Blick zu, und Debbie ersparte sich selbstverständlich die Antwort. »Eineinhalb Tage war ich weg«, sagte sie zu mir, »nicht mal ein ganzes Wochenende!«

»Aber –«

Ich konnte es nicht fassen. Mir war, als hätte mir jemand einen Schlag in die Magengrube versetzt. *Debbies* Kenneth? Aber er liebte sie doch! Ich sagte: »Das kann ich mir einfach nicht vorstellen.«

»Und dann hat Liz natürlich gesagt: ›Uups, ich wollte dich nicht –‹, und: ›Oh nein, ich dachte, er hätte es dir gesagt! Er hat es mir doch versprochen!‹«

»Aber woher wusste Elizabeth das überhaupt?«, fragte ich. »Hat er wirklich mit ihr darüber gesprochen? Warum hat er sich damit ausgerechnet an sie gewandt?«

»Völlig richtig«, sagte Max nickend.

»Er hat sich nicht an sie *gewandt*«, entgegnete Debbie. »Sie hat ihn offen damit konfrontiert, und er konnte es nicht leugnen. In dem Moment, als sie es mir erzählt hat, hat es bei mir klick gemacht.«

»Oje«, sagte ich.

»Aber … Also nehmen wir an, es stimmt«, sagte Max zu Debbie. »Rein hypothetisch, wohlgemerkt. Machen wir die Sache doch nicht größer, als sie ist. Ich meine, so was kommt eben vor, Deb. Bammel vor der Hochzeit, ein Techtelmechtel im letzten Moment … Das ist nicht das Ende der Welt.«

Debbie drehte sich blitzschnell zu ihm. »War ja klar, dass du das sagst! Männer halten so was ja immer für völlig normal, für das Normalste der Welt«, sagte sie. Dann drehte sie sich zu mir. »Die Hochzeit wird natürlich abgesagt.«

»Ja natürlich.« Ich räusperte mich. Irgendwas war mit meiner Stimme.

»Könntest du bitte den Pfarrer anrufen? Ich würde bestimmt sofort losheulen.«

»Aber sicher«, sagte ich.

»Augenblick«, sagte Max.

»Und danach die Gäste«, fuhr Debbie fort. »Also, zumindest *unsere*. Wer *seine* verständigt, ist mir egal. Um die kümmern wir uns gar nicht. Sollen sie alle kommen und darüber grübeln, was wohl schiefgelaufen ist.«

»Würdet ihr mir einfach mal zuhören?«, sagte Max.

Diesmal drehten wir uns beide zu ihm. »Max«, sagte ich, »es geht hier um einen Menschen, mit dem sie ihr Leben verbringen will. Um einen Menschen, dem sie absolut vertrauen können muss, an den sie bis ans Ende ihrer Tage voll und ganz glauben können muss. Und jetzt erfahren wir, dass sie sich nicht mal für die Dauer eines Ehemaligentreffens auf ihn verlassen kann?«

»Ich möchte doch nur –«

»Vergiss es, Mom«, sagte Debbie. »Das ist offenbar so ein Gender-Gap-Ding.«

»Also, das war jetzt beleidigend«, entgegnete Max. »Für deine Vorstellung von einem Chauvi gebe ich mich nicht her!«

»Ich habe dich nicht als –«

»Deborah Jean Baines«, sagte Max. »Hör mir bitte eine Sekunde lang zu!«

Debbie war plötzlich ganz Ohr, aber auf sehr demonstrative Weise. Sie setzte sich extrem gerade hin und stierte ihn mit großen Augen an.

»Ich schlage vor, dass du diese Entscheidung aufschiebst, bis du mit Kenneth gesprochen hast«, sagte Max. »Ist er noch in der Arbeit? Um wie viel Uhr hört er auf? Fahr bitte zu ihm, und hör dir an, was er zu sagen hat. Vielleicht gibt es eine Erklärung, die das Ganze in einem vollkommen anderen Licht erscheinen lässt.«

»Und was für eine Erklärung könnte das deiner Meinung nach sein?«, fragte Debbie.

»Genau darum geht es. Wir *wissen* nicht, wie diese Erklärung aussehen könnte.«

»Mom?« Debbie drehte sich wieder zu mir. »Du verstehst meinen Standpunkt, oder?«

»Aber natürlich.«

»Ich bitte nur darum, dass du den Burschen für sich selbst sprechen lässt«, sagte Max. »Findest du das so unvernünftig?«

»Allmählich dämmert es mir«, sagte Debbie.

»Was dämmert dir?«, fragte er.

Sie sah von ihm zu mir. Dann sagte sie: »Ach, egal.«

»Was dämmert dir?«

Sie drehte sich wieder zu Max. »Gut, ich rede mit ihm. Aber nur, um dir einen Gefallen zu tun, Dad, weil es dir ja so *wahnsinnig* wichtig ist!«

»Danke, mein Schatz«, erwiderte Max frohgemut, ohne auf Debbies Anspielung weiter einzugehen.

Und er hatte ja irgendwie recht. Natürlich sollte sie sich anhören, was Kenneth zu sagen hatte. Trotzdem fand ich es fast schade, als sie aufstand und türeschlagend das Haus verließ. Die Vorstellung von den Hochzeitsgästen, die sinnlos in der Kirche saßen, war seltsam befriedigend.

Es war fast sechzehn Uhr geworden, und ich bezweifelte stark, dass Kenneth an diesem Tag bis Dienstschluss arbeiten würde. (Er war in der Rechtsabteilung eines Immobilienunternehmens tätig – eher kein Job mit Stechuhr.) Ich nahm an, dass Debbie von mir direkt zu ihm in die Wohnung fahren würde, was bedeutete, dass sie sich in diesem Moment der Charles Street näherte, um dann nach Süden abzubiegen. Max war in Gedanken offenbar ebenso bei ihr, denn anstatt nach oben zu gehen und seine Schuhe anzuziehen, tigerte er durchs Wohnzimmer, schob zuerst den Vorhang ein Stück zur Seite und spähte hinaus, beugte sich dann über den Couchtisch und betrachtete die Titelseite der Zeitung und wanderte schließlich in die Küche, wo er deutlich hörbar die Kühlschranktür öffnete und wieder schloss. Als er ins Wohnzimmer zurückkam, fragte er mich: »Was hat sie deiner Meinung nach mit ›Allmählich dämmert es mir‹ gemeint?«

»Keine Ahnung«, antwortete ich und setzte nach: »Du glaubst nicht wirklich, dass Kenneth alles erklären kann, oder?«

»Ich warte noch mit meinem Urteil.«

Ich sah auf die Uhr im Regal. »Wenn sie sich nicht bald meldet, müssen wir uns sicherheitshalber für die Probe umziehen.«

»Wir sollten uns auf jeden Fall umziehen«, sagte Max. »Wir müssen nämlich so oder so in die Kirche – entweder um an der Probe teilzunehmen oder um alles abzusagen.«

»Vielleicht meldet sie sich gar nicht. Vielleicht ist sie nach dem Gespräch zu niedergeschlagen, um uns auch nur zu benachrichtigen; vielleicht fährt sie zu sich nach Hause und legt sich ins Bett.«

Max dachte kurz nach. Dann sagte er: »Was hältst du davon: Wir ziehen uns um, und falls wir dann noch immer nichts von ihr gehört haben, rufen wir sie an.«

»Okay«, erwiderte ich. Aber ich blieb im Sessel sitzen.

»Kommst du?«

Ich stand sehr langsam auf und sagte: »Weißt du, wovor ich Angst habe?«

»Wovor?«

»Dass sie anruft und sagt: ›Ja, er hat es zugegeben‹, sie heiratet ihn aber trotzdem.«

»Dann sagen wir: ›In Ordnung, Schatz. Das ist deine Sache.‹«

Ich erwiderte nichts. Ich war zu sauer. Ich hasste es, wenn er so selbstgefällig nachsichtig tat.

Jeder ging in sein Zimmer und zog sich um. Weil Max nur in sein Anzughemd und in seine Schuhe und sein Sakko schlüpfen musste, war er vor mir wieder unten. Als ich nachkam, hörte ich ihn in sein Handy sprechen. »Alles klar!«, sagte er. »Wir sehen uns gleich!«

»Sie hat gesagt, dass wir uns vor der Kirche treffen«, berichtete er.

Ich hielt den Blick beharrlich auf ihn geheftet und wartete.

»Kenneth hat alles erklärt, hat sie gesagt. Seine Schwester hat alles ganz falsch verstanden.«

»Inwiefern?«, fragte ich.

»Diese Carla hatte eine Lebensmittelvergiftung. Alle waren zusammen auf einer Party, Kenneth und seine

Schwester und was weiß ich, wer sonst noch aus der Highschool-Zeit, und dieser Carla wurde schlecht. Er hat sie nach Hause gefahren und ist bei ihr geblieben. Hat ihr Ice chips zu lutschen gegeben, bis es ihr besser ging. Als er nicht zur Party zurückkam, hat seine Schwester vorschnelle Schlüsse gezogen, sagt er. Außerdem war sie eingeschnappt, weil sie sich darauf verlassen hatte, dass er sie zurückfahren würde, und sie sich um eine andere Mitfahrgelegenheit kümmern musste.«

Ich wartete, bis er mir in die Augen sah, was länger dauerte, als es hätte dauern sollen. »Und das glaubst du«, sagte ich.

»Ja. Wenn Debbie es glaubt …«

»Du hast nicht den geringsten Zweifel?«

»Nein, keineswegs.«

Max sagte nie »keineswegs«.

»Also, *ich* glaube es nicht«, sagte ich.

»Okay«, erwiderte er gelassen.

»Allein der Ausdruck, den sie vorhin benutzt hat«, sagte ich. »›Da hat es bei mir klick gemacht‹, hat sie gesagt. *Du* kennst dieses Gefühl, oder nicht?«

»Nicht so richtig«, erwiderte Max.

»Und wenn Elizabeth noch so eingeschnappt war – wäre sie wirklich so weit gegangen, nur um es ihrem Bruder heimzuzahlen? Nur weil er sie nicht nach Hause gefahren hat?«

»Kann man nie wissen.«

»Wenn du mich fragst, sind das viel zu viele Erklärungen. Wenn jemand zu viel erklärt, ist das verdächtig.«

»Es sei denn, es *gibt* so viele Erklärungen.«

Das war schlicht verbohrt. Ich gab auf. Ich ging zum Schrank und holte meine Tasche. Dabei fiel mir etwas ein. »Außerdem«, sagte ich, »wolltest du Deb doch erst anrufen, wenn wir beide unten wären.«

»Ich habe sie nicht angerufen. Sie hat *mich* angerufen.«

Ich dachte darüber nach.

»Wie auch immer!«, sagte er. »Nehmen wir deinen oder meinen Wagen?«

»Deinen, falls du nichts dagegen hast.«

»Gut.«

»Ach ja, und wir holen meine Mutter ab«, sagte ich. »Aber nichts von der Sache mit Kenneth, okay?«

»Natürlich nicht.«

Ich hatte also offenbar das Falsche befürchtet. Debbie würde Kenneth nicht heiraten, *obwohl* er sie betrogen hatte, sondern weil sie ihm *abnahm*, dass er es nicht getan hatte.

Als wir vor ihrem Haus hielten, stand meine Mutter schon da; sie wusste aber nicht, dass wir es waren, denn sie erwartete meinen Corolla. Ich musste das Fenster herunterlassen und »Mom!« rufen, damit sie begriff. Sie kam zum Auto und spähte hinein. Als sie Max sah, sagte sie: »Du, Max?«

»Hallo!«

»Er muss bei mir übernachten, weil er eine Katze dabeihat«, erklärte ich.

»Eine Katze?«

»Und Kenneth ist allergisch gegen Katzen.«

Sie wirkte noch immer ein bisschen skeptisch, öffnete aber die hintere Tür und stieg ein. Sie war mit ihrem blau-weiß geblümten Seidenkleid, den Stöckelschuhen und der Lackledertasche viel eleganter angezogen als ich, aber sie war im Alter mager geworden, und das Kleid hing an ihr wie ein Sack. (Sachen in kleineren Größen kaufte sie nicht. Die würden sich nicht auszahlen, behauptete sie, womit sie sagen wollte, dass sie jeden Augenblick mit ihrem Tod rechnete, obwohl sie kerngesund war.) In letzter Zeit wurde ich bei ihrem Anblick immer ein bisschen traurig.

Sie selbst war jedoch bestens gelaunt. »Ach, ist das aufregend!«, sagte sie, während sie die Tür zuzog.

»Ja, wahnsinnig aufregend«, erwiderte ich.

»Wie war Debbies Wellnesstag?«

»Schön.«

»Die Frauen haben immer den ganzen Spaß. Für Kenneth und *seine* Freunde gab es bestimmt keinen Wellnesstag!«

»Nein«, sagte ich, »soweit ich weiß, war Kenneth ganz normal in der Arbeit.«

Mom hob kurz den Po und strich ihr Kleid unter sich glatt. »Und es regnet nicht mehr!«

»Mhm.«

Ich fiel aus der Rolle, das war mir bewusst. Max hatte es offenbar auch erkannt, denn als wir wieder losfuhren, fragte er mit einem Blick in den Rückspiegel: »Wie geht es dir, Joyce?«

»Danke, ganz ausgezeichnet«, antwortete meine Mutter.

Früher hatte er immer »Mom« zu ihr gesagt, doch nach der Scheidung meinte sie, das klinge nun irgendwie falsch. Wahrscheinlich wollte sie, dass er sie wieder »Mrs. Simmons« nannte, korrigierte ihn jedoch nicht, als er zu »Joyce« überging. Das Ganze war Neuland für sie; in unserer Familie hatte es nie eine Scheidung gegeben. Sie kam damit nicht klar. Und ich war keine große Hilfe. Sie fragte mich ständig *warum*. Sie sagte: »Ich begreife nicht, was da falsch gelaufen ist«, und ich erwiderte nur: »Du weißt doch, wie das ist. Keiner, der nicht selbst in der Ehe steckt, um die es geht, weiß, was sich darin abspielt.« Ich stellte allerdings immer klar, dass ich Max keine Schuld gab. Trotzdem schlug sie bei den – seltenen – Begegnungen der beiden einen zwar höflichen, aber distanzierten Ton an. Nun fragte sie: »Hast du etwas mit deinen Haaren gemacht?«, und die Hinwendung zu mir war so plötzlich erfolgt, dass Max »Nein …« sagte, bevor er kapierte, dass die Frage mir galt.

»Ja, ich habe sie mal ordentlich durchkämmen lassen«, sagte ich.

»Sehr hübsch.«

An anderen Wochentagen wären wir in die Hauptverkehrszeit geraten, aber freitags machen die Leute in Baltimore früh Feierabend, die Straßen waren fast leer. Es war allerdings ohnehin nicht sehr weit zur Kirche. (Zur Kirche von Kenneths Eltern. Wir hatten keine.) »Hoffentlich kommen wir nicht zu spät«, sagte Mom und blickte auf eine Bushaltestelle, an der nur ein alter Mann stand. »Sonst fangen sie womöglich ohne uns an.«

»Nein, nein, *wir* machen den Anfang«, entgegnete Max. »Wir müssen die Braut übergeben, du weißt schon.«

»Die Braut wird immer noch übergeben?«

»Na ja, sozusagen.«

Auf dem Kirchenparkplatz standen nur wenige Autos und alle weit voneinander entfernt, doch als wir ausstiegen, hielt direkt neben uns ein anderer Wagen. Der junge Mann hinter dem Steuer – er musste ein Freund von Kenneth sein – schloss sich uns an, als wir zur Kirche gingen. »Hallo!«, sagte er. »Dave Lewis.« Und Max sagte: »Gail und Max Baines. Und das ist Gails Mutter, Joyce Simmons.«

»Ach ja, Sie beide übergeben die Braut.«

Ich entgegnete: »Also, nicht wirk–«, aber Max schnitt mir das Wort ab und sagte: »Genau.«

Wir stiegen die Stufen zur Kirche hinauf und traten ins Foyer. Es roch nach Möbelpolitur. Der Kirchenraum selbst war klein, aber elegant, mit einem kunstvoll geschnitzten Predigtpult aus dunklem Holz. Das Pult bildete den Mittelpunkt des Geschehens. Alle standen darum herum und hörten dem Pfarrer zu, der gerade etwas über die Organistin sagte. Ich suchte Debbie und fand sie am Rand der Gruppe; sie stand zwischen Kenneth und seinen Eltern. Selbst von hinten sah ich ihr an, dass sie sich zusammenriss. Jedes Haar saß perfekt, und statt der Jeans trug sie einen langen, weiten Rock. Kenneths Arm lag besitzergreifend um ihre Taille, doch sie hielt etwas Abstand. Vielleicht bildete ich mir das aber auch nur ein.

Kenneth entdeckte uns nun auch. »Da sind sie ja!«, rief er. Debbie drehte sich um, sagte: »Sehr gut«, und dann gingen sie uns entgegen. Niemand hätte vermutet, dass sie noch kurz zuvor geweint hatte. Und Kenneth hatte nichts von seinem sonnigen Gemüt eingebüßt – ein ruhiger junger Mann mit einem sympathischen Gesicht, glattem blondem Haar, das ihm in die Stirn fiel, und einem gewinnend schiefen Lächeln. Er sagte: »Hallooo, Debs Gram« – so nannte er meine Mutter –, hauchte ihr einen Kuss auf die Wange und nahm mich kurz in die Arme. Ich stand steif da und ließ es geschehen, was er offenbar nicht bemerkte.

»Ich muss dich warnen«, sagte Max. »Könnte sein, dass ich ansteckend bin.«

»Ansteckend?«, fragte Kenneth.

»Ich habe Katzenhaare an mir.«

»Ja, schon gehört.« Kenneth wirkte nicht sonderlich beunruhigt. »Ich habe für den Fall der Fälle meinen Inhalator dabei.«

»Inhalator!«, riefen Max und ich wie aus einem Mund.

Kenneth sah uns verständnislos an.

»Er hat heute allen Ernstes gearbeitet«, berichtete Debbie. »Ist das zu fassen?«

Was wir natürlich längst wussten. Aber das war eben ihre Art, uns klarzumachen, dass er noch immer der Mann ihrer Wahl war und sie auf seiner Seite stand, deshalb sagte ich brav: »Ach du lieber Gott! «, und schüttelte den Kopf.

Und dann kam seine Mutter, dunkelhaarig und elegant und wesentlich jünger aussehend als ich. »Guten

Tag, Gail!«, sagte sie. »Und das muss Max sein! Hallo, Max, wie schön, dich endlich kennenzulernen. Ich bin Sophie, und das ist Rupert« – denn Kenneths Vater stand dicht hinter ihr. Sein helles Haar hatte Kenneth von ihm, aber Ruperts Gesicht war fülliger, und sein Bauchansatz nicht zu übersehen. »Und Elizabeth«, fügte Sophie hinzu, »Kenneths Schwester.«

»Ah«, sagte ich.

Elizabeth ähnelte ihrem Vater, sie hatte rundliche Wangen und war leicht übergewichtig. Mit ihrer Kleidung hatte sie sich von allen am wenigsten Mühe gegeben. Sie trug eine weite braune Hose und eine Art Kasack. Lag das daran, dass ihr diese Hochzeit im Grunde nicht passte? Ich empfand sofort eine Abneigung gegen sie. Ich glaubte ihr zwar, hatte jedoch das Gefühl, dass das Ganze von ihr herbeigeführt worden war, einfach indem sie es Debbie erzählt hatte. Und ihre Mutter – was hielt sie von der Geschichte? Wusste sie überhaupt davon? Nein, eher nicht. Sie hatte Moms Hände ergriffen und sagte: »Joyce, du meine Güte, Sie sehen ja selbst wie eine Braut aus!« Meine Mutter musterte sie stirnrunzelnd. Alles, was Sophie sagte, war grundsätzlich einen Tick oder zwei überdreht. Sie schien auf einer anderen Ebene zu leben als wir, auf der es lauter und greller zuging.

Aber wir lenkten die anderen ab, deshalb beendeten wir unsere Gespräche und gingen mit Sophie nach vorn, um mit dem Pfarrer, Reverend Gregory, bekanntgemacht zu werden. Ich fand den Mann für einen Geistlichen zu schick mit seiner modisch geschnittenen Hose und dem absichtlich hinten hochgeschlagenen Hemdkragen. »Es freut mich sehr, Deborahs Angehörige kennenlernen zu dürfen«, sagte er mit einem fast englischen Akzent und erklärte, dass wir bei der Probe ohne die Organistin auskommen müssten, da sie mit Migräne im Bett liege. Bei der Trauung am nächsten Tag werde sie aber spielen. Danach drehte sich Sophie um und sprach zu allen Anwesenden. »Kenneth und Debbie haben etwas gegen Hochzeitsplaner, wie inzwischen klar geworden sein dürfte. Aber ich habe mich ein bisschen schlau gemacht und möchte auf einige Dinge hinweisen.« Was sie dann, sehr zufrieden mit ihrer Rolle als Organisatorin, auch tat. Wer würde beispielsweise das Startsignal für den Einzug in die Kirche geben; wer würde wo stehen und was sagen …? Alles war auf einer Karteikarte notiert, die sie aus ihrer Handtasche gezogen hatte. Für mich war das ehrlich gesagt entlastend. Besser sie als ich. So beobachtete ich mit innerem Abstand, wie sie überlegte, wo meine Mutter sitzen sollte. Bei Max und mir links in der ersten Reihe? Oder eine weiter hinten bei anderen Verwandten, damit sie nicht allein dasaß, wenn wir aufstanden und unseren Segen für die Entscheidung des Paares gaben? Nein, Augenblick. Vielleicht sollte Mom gemeinsam mit Max und mir den Segen sprechen. Doch da stellte sich meine Mutter quer. »Auf gar keinen Fall«, sagte sie zu Sophie und zischte mir zu: »Wohin soll das führen? Soll auch Tante Tess das Paar segnen? Oder irgendwelche Cousinen zweiten Grades?« Es gab zwar in unserer Familie, soweit mir bekannt war, keine Cousinen zweiten Grades, aber ich sagte trotzdem:

»Da hast du recht, Mom. Machen wir es nicht zu kompliziert.«

Insgeheim konzentrierte ich mich allerdings die ganze Zeit auf Debbie und versuchte ihre Gefühlslage zu erahnen. Leider sah ich ihr Gesicht nur im Profil. Als Kenneth ihr etwas ins Ohr flüsterte, fragte ich mich, was es wohl zu bedeuten hätte, dass sie sich zu ihm drehte und ihn ansah. Als sie lachte, wurde ich etwas ruhiger.

»Gut, dass sie sich in diesem Spa keine falschen Wimpern hat ankleben lassen«, sagte meine Mutter zu mir. »Wo sie doch so traumhafte eigene Wimpern hat.«

»Ja …«

»Wäscht sie sich das Gesicht erst wieder nach der Hochzeit, was meinst du?«

»Nein, morgen kommt eine Mitarbeiterin von Darleen's und schminkt sie noch einmal«, antwortete ich, denn ich hatte Debbie die gleiche Frage gestellt.

Jemand klopfte mir von hinten auf die Schulter, und als ich mich umdrehte, stand da Onkel … Jacob? Ein schlanker Mann mit hohen Wangenknochen und schwarzgrauem Haar, der eindeutig zu Sophies Familie gehörte. »Gail?«, fragte er.

»Ja?«

»Ich bin Jared Johnson. Erinnerst du dich an mich?«

Ich sah ihn mir gründlicher an. »Jared?«

Aber natürlich. Ich hätte ihn wiedererkennen müssen. Jared war mein Freund gewesen, als ich Max kennenlernte. Damals hatte er allerdings einen Vollbart getragen, und sein Haar war rabenschwarz gewesen und hatte ihm bis zur Hüfte gereicht. »Oh mein Gott!«, sagte ich. Er hatte früher nicht annähernd so gut ausgesehen – zumindest war es unter dem dichten Pelz für mich nicht erkennbar gewesen. Und schon gar nicht hatte er damals einen derart edlen Anzug getragen.

»Ich dachte mir schon, dass du es bist«, sagte er. »Seit mir meine Schwester von der Hochzeit erzählt hat, habe ich mich darauf gefreut, dich wiederzusehen. Und … Max, nicht wahr?«

»Hallo«, sagte Max. Ich sah ihm an, dass er nicht die geringste Ahnung hatte, wer Jared war.

»Ihr habt also geheiratet«, sagte Jared. »Und seid, wie ich höre, inzwischen geschieden.«

»Stimmt«, erwiderte ich.

»Ich bin auch geschieden. Habe eine Kalifornierin geheiratet und bin an die Westküste gezogen, aber jetzt lebe ich wieder im Osten. Ich habe einen Verwaltungsjob in College Park angenommen.«

»Und Kenneth ist dein Neffe«, sagte ich. »Also, wenn das kein –«

In diesem Moment starrte mich meine Mutter an, und Max und ich richteten den Blick wieder nach vorn, um zu hören, was Reverend Gregory zu sagen hatte. Nach einleitendem Räuspern und Durchsicht seiner Notizen verkündete er: »Die Braut wird ihren Gang nach vorn nicht proben. Das bringt angeblich Unglück. Aber wenn jetzt bitte alle anderen ihre Plätze einnehmen würden.«

Die Leute eilten auf ihre Positionen. Kenneth und Jared gingen nach vorn, während sich die Brautjungfern und die Freunde des Bräutigams hinten versammelten.

Nachdem sich Kenneths Eltern in die erste Reihe rechts gesetzt hatten, bugsierte ich Max und meine Mutter zu unserer Bank in der linken Abteilung. Mom rutschte als Erste hinein, dann kam ich, dann Max. Debbie setzte sich vorläufig neben Max, und ich konnte mich an Max vorbei zu ihr beugen und sie fragen: »Wie geht es dir, Schatz?«

»Gut!«, antwortete sie fröhlich. »Und dir?«

»Ach …«

»Eine schöne Kirche, findest du nicht?«

»Ja, sehr schön.« Ich gab auf und blickte wieder nach vorn.

Plötzlich sagte Max: »Sag mal, war das Jared *Johnson*?«

»Endlich hast du's kapiert.«

»Das gibts doch nicht«, sagte er und äugte zu Jared, der neben Kenneth stand.

Max und ich hatten zu Beginn unserer Beziehung wahrscheinlich deshalb nie über Jared gesprochen, weil ich ihn immer als unwichtig abgetan hatte. Doch jetzt wirkte Max leicht verunsichert. »Seit wann ist der so ein … Managertyp?«

»Keine Ahnung.«

»Hmm.«

Reverend Gregory begann unvermutet zu singen. »Dah-*dum*-dah-dum« – die ersten Töne des *Hochzeitsmarsches* von Wagner, den sich Debbie und Kenneth für den Einzug in die Kirche ziemlich sicher *nicht* ausgesucht hatten. Nach kurzem Zögern ergriff Bitsy den Arm eines Freundes von Kenneth, der neben ihr stand, und ging mit ihm durch den Mittelgang. Ihre freie Hand schwebte zur Faust geballt vor dem Bauch, wohl um anzudeuten, dass sie einen Strauß hielt. Caroline folgte mit Dave, dem jungen Mann vom Kirchenparkplatz, dann kam Kenneths Schwester, ohne Begleitung. Ich wünschte so sehr, Debbie hätte nicht Elizabeth zu ihrer Maid of Honor erkoren! Warum nicht Bitsy oder Caroline? Aber vielleicht hatte sie sich strategisch entschieden, um die Beziehung zu ihrer künftigen Schwägerin zu festigen. (Und vielleicht auch, um nicht eine von zwei ihr gleichermaßen nahestehenden Freundinnen der anderen vorziehen zu müssen.) Ich hatte ihr ursprünglich sogar zugestimmt. Ich selbst war bei meinen angeheirateten Verwandten nie sehr beliebt gewesen und fand, dass Debbie schon zu Beginn das Richtige tat. Aber diese Elizabeth mit ihrer Unschuldsmiene und ihrem Mir-doch-egal-Outfit?

Debbie stand auf, ging seitwärts aus der Bank, schritt nach vorn und stellte sich neben Kenneth. Gesäumt von Maid of Honor Elizabeth und Best Man Jared richteten beide den Blick auf Reverend Gregory. Der Pfarrer stellte die Papiere mit seinen Notizen hochkant auf das Predigtpult, klopfte damit ein paarmal aufs Holz und legte sie hin. Dann hob er den Kopf und ließ den Blick über sein Publikum wandern. »Liebe Brüder und Schwestern im Herrn«, sagte er, »et cetera, et cetera.« Er winkte ab, drehte sich zu Max und mir und sagte: »Wer segnet die Entscheidung dieses Paares?«

Max nahm meine Hand, wir erhoben uns. Als er drückte, legten wir exakt gleichzeitig los. Nur sagte ich: »Wir«, und Max sagte: »Ihre Mutter und ich«.

Ich sah ihn an, wir ließen einander los und setzten uns wieder. »Was war *das* denn?«, flüsterte ich, und er antwortete: »Tut mir leid, aber so hieß es bei der Hochzeit meiner Nichte.«

Reverend Gregory spulte mittlerweile einige weitere Etceteras ab, was irgendwie schludrig wirkte, auch wenn mir klar war, dass er das Ganze für den nächsten Tag so frisch wie möglich halten wollte. Debbie und Kenneth antworteten aber mit richtigen, fast trotzig klingenden Jas, als sie an der Reihe waren.

»Hiermit erkläre ich euch, et cetera«, sagte Reverend Gregory. »Sie dürfen die Braut nun – Entschuldigung, wollen Sie sich küssen?«

»Absolut«, sagte Kenneth.

»Heutzutage weiß man nämlich nie«, erklärte Reverend Gregory.

Debbie und Kenneth küssten sich, doch es war nur ein flüchtiges Küsschen, aus dem sich nichts schließen ließ. Ich sah weiß Gott genau hin, aber beide wirkten völlig normal.

Würden wir also wie gehabt weitermachen, so als wäre nicht das Geringste geschehen?

Reverend Gregory begann wieder zu singen: »DUM! DUM! Dah-dum-dum-dum-dum« – Mendelssohns *Hochzeitsmarsch* –, und Debbie und Kenneth drehten sich um und schritten zum Ausgang. Elizabeth und Jared folgten, dahinter kamen alle anderen, die vorn gestanden hatten. Als Debbie hinten angekommen war, blieb sie abrupt stehen und warf etwas Weißes – irgendeine Broschüre – hoch hinter sich in die Luft. »Was war *das*?«, fragte mich Mom, und Debbie sagte »Der Brautstrauß!«, obwohl sie Moms Frage gar nicht gehört haben konnte.

»Nein, nein, nein!«, rief Sophie und stand von der Bank auf. »Der Strauß wird erst bei der Feier geworfen! Ganz am Ende der Feier!«

»Uups – zu spät!«, sagte Bitsy, die sich bereits nach der Broschüre gebückt hatte und sie triumphierend in die Höhe hielt.

»Was wird das?«, murmelte Max. »Das Ganze sollte ohne Hochzeitsplaner über die Bühne gehen, dachte ich.«

Ich sagte ihm nicht, dass es wesentlich schlimmer hätte sein können. Er hatte ja nicht Debbies tägliche Berichte über ihre mühsamen Versuche gehört, das Ganze in Grenzen zu halten.

Nun rief Sophie: »Wissen alle, wo das Restaurant ist? Wer braucht eine Wegbeschreibung?«

Wir würden zum Silver Spoon fahren, hatte man mir gesagt – Sophies und Ruperts Entscheidung, da das Essen nach der Probe in der Verantwortung der Bräutigameltern lag. Das Silver Spoon galt als eine der besten Adressen in Baltimore, und meine Mutter schnalzte anerkennend mit der Zunge. »Was meinst du, gibt es dort noch den berühmten Krabben-Dip?«, fragte sie mich, als wir alle durch den Mittelgang hinausschlenderten.

»Warum sollte es ihn nicht mehr geben?«, sagte ich.

»Und schenken die Kellner den Wein noch immer von ganz weit oben in die Gläser?«

»Da bin ich mir nicht so sicher. Das war, glaube ich, in den Siebzigerjahren in Mode.«

»Hoffentlich machen sie es trotzdem noch«, sagte Mom.

Wir traten aus der Kirche in das vom Regen sauber gewaschene spätnachmittägliche Sonnenlicht, und alle lächelten, blinzelten und blickten sehr feierlich drein.

Bei dem Essen nach der Probe seien keine Reden oder andere Förmlichkeiten vorgesehen, hatte mir Sophie versichert. Nur ein ganz normaler Restaurantbesuch mit einem Minimum an Gästen, die à la carte bestellen und alle zusammen an einem einzigen langen Tisch sitzen würden. Kenneths Vater hatte man darüber allerdings nicht informiert, denn kaum war der Wein eingeschenkt (übrigens aus normaler Höhe), klopfte er mit einer Gabel an sein Glas und sagte: »Ich begrüße euch alle – am herzlichsten aber Deborah, das neueste Mitglied des Bailey-Clans!«

In der Annahme, dass die Ansprache damit zu Ende wäre, murmelte Debbie: »Oh, danke«; doch Rupert machte weiter. »Nachdem wir ihr zum ersten Mal begegnet waren, sagte ich zu Sophie, dass sie wohl die Richtige wäre. So war es doch, Sofe?«

»Ja, das stimmt«, bestätigte Sophie.

»›Warte ab‹, habe ich zu ihr gesagt, ›diese junge Frau haben wir nicht zum letzten Mal gesehen.‹ Das war an Thanksgiving, eineinhalb Jahre ist es jetzt her. Debbie brachte einen Kürbiskuchen mit, den sie selbst gebacken hatte. Der Kuchen war einfach köstlich – dabei mag ich Kürbiskuchen gar nicht!«

Am Tisch wurde leise gelacht, und meine Mutter, die neben mir saß, murmelte: »Völlig zu Recht.«

»Aber in *diesen* Kürbiskuchen«, fuhr Rupert fort, »war etwas Luftiges eingerührt, Schlagsahne vielleicht, sodass er gar nicht richtig orange war, sondern eher beige. Und ich sagte zu Sophie: ›Wenn sie nur eine flüchtige Affäre wäre, die auf ein kostenloses Essen aus ist, hätte sie sich nicht so viel Mühe gemacht, das gebe ich dir schriftlich!‹, habe ich gesagt.«

»Stimmt, Rupert, aber jetzt –«, sagte Sophie.

»Und prompt kommt Kenneth kurz vor dem Valentinstag – also nur dreieinhalb Monate später! – zu uns, fragt: ›Wie findet ihr den?‹, und zieht ein Kästchen mit einem Diamantring aus der Tasche. ›Ich bitte Debbie, meine Frau zu werden‹, sagt er. Also, wir waren ganz aus dem Häuschen! Sophie war sogar zu Tränen gerührt.«

»Das ist wahr«, sagte Sophie. »Trotzdem würde ich jetzt gern –«

»Deshalb trinke ich auf dein Wohl, liebe Debbie«, rief Rupert und erhob sein Weinglas. »Ich hoffe, dass du in unserer Familie sehr glücklich sein wirst!«

Auch die anderen erhoben ihre Gläser unter zustimmendem Gemurmel, und Debbie sagte lächelnd: »Danke, Rupert«, und trank einen Schluck. Aber ich saß schräg gegenüber von ihr, nah genug, um zu sehen, dass ihr Lächeln, kaum war das Glas abgestellt, wieder verschwand. Und dass es ihre Augen nicht ganz erreicht hatte.

Ich sah zu Max, der zwei Plätze von ihr entfernt saß; er strahlte sie zärtlich an und argwöhnte offenbar nicht das Geringste.

Kenneth dagegen schon. Er saß neben ihr und beobachtete sie so genau, als erwartete er, dass auch sie das Wort ergreifen würde. Und auch als sie das nicht tat, sondern ihr Glas losließ und die Speisekarte in die Hand nahm, musterte er sie weiterhin.

Ich bin eine Schwarzseherin, ich gebe es zu. Ich nehme immer das Schlimmste an. Doch diesmal war es wirklich berechtigt. Er versuchte ganz klar herauszufinden, ob sie ihm seine Geschichte abnahm, und er vermutete Zweifel bei ihr. Und er lag durchaus richtig: Sie glaubte ihm nicht. Sie war eindeutig unglücklich.

Erst auf der Rückfahrt fragte meine Mutter, was mit mir los sei. »Was mit mir los ist?«, erwiderte ich. »Gar nichts.«

»Na dann ist ja gut«, sagte sie und sah demonstrativ aus dem Fenster auf ihrer Seite.

Es war dunkel geworden, und der Regen war auf dem Rückzug. Max schaltete die Scheibenwischer trotzdem ein, obwohl nur hin und wieder ein Tropfen fiel. »Hat dir die Probe gefallen?«, fragte er meine Mutter.

»Ja danke«, antwortete sie.

»Wenn es das nur schon gewesen wäre«, sagte er. »Die Hochzeit morgen ist ja einfach das Gleiche noch mal.«

»Nur mit weniger Etceteras«, wandte sie ein.

»Hoffentlich.«

»Und schöneren Kleidern.«

»Da hast du leider recht.«

»Obwohl sich dieser Onkel der Baileys schon heute ziemlich fein gemacht hat«, sagte sie nachdenklich.

»Der Onkel und Gail hatten mal was miteinander.«

»Wirklich?«, sagte Mom und fragte mich: »Stimmt das?«

»Wir sind ein paarmal miteinander ausgegangen«, erwiderte ich.

»Er hat ja auch ein Riesentrara um dich gemacht.«

»Hat er nicht!«

»Und warum hat er dir dann sofort erzählt, dass er nicht mehr verheiratet ist?«, fragte sie. »Und im Restaurant hat er mich praktisch niedergemäht, damit er neben dir sitzen konnte! Ich musste meine spitzen Ellbogen ausfahren, um ihn abzuwehren!«

Max lachte.

»Und die Maid of Honor …«, fuhr sie fort. »Elizabeth? Heißt sie so? Du liebes bisschen – die hat wirklich nichts vom guten Geschmack ihrer Mutter.«

»Warten wir ab, was sie morgen trägt«, sagte ich.

»Wird auch nicht besser sein als heute«, meinte Mom. Das erfüllte mich mit Genugtuung. Ich gab Elizabeth noch immer die Schuld an Debbies Unglück.

Hätte ich doch nur eine magische Vergessenstablette für Debbie!, dachte ich. Hätte ich doch selbst so eine Tablette!

Als wir Mom abgesetzt hatten und zu mir nach Hause weiterfuhren, sank ich auf dem Beifahrersitz wie ein Mehlsack zusammen. »Das war richtige *Arbeit*«, sagte ich zu Max.

»Was genau war richtige Arbeit?«

»Alles! So viele Leute, so oft Freut-mich-Sie-kennenzulernen sagen zu müssen.«

Diese Unterhaltung hatten wir von Anfang an immer wieder geführt. Ich glaube, ich war noch kein einziges Mal von einem gesellschaftlichen Anlass zurückgekommen, ohne ausgelaugt und erschöpft zu sein. Max dagegen … An ihm rauschte das alles vorbei. Er konnte es auch nicht besser als ich, wurstelte sich aber irgendwie durch.

Während unserer Ehe waren wir dafür berüchtigt gewesen, jede Party als Erste zu verlassen. »Uups! Die Baineses gehen!«, riefen die Gastgeber, und garantiert bemerkte einer der Gäste trocken: »Welch Überraschung.« Irgendwie vermisste ich diese Zeit – also nur auf diese eine Sache bezogen. Es ist schwer, als Erster zu gehen, wenn man allein ist. Deshalb spitzte ich die Ohren, als Max nun bemerkte: »Also, die Mutter von Kenneth ist wirklich anstrengend, muss ich sagen«, und ich erwiderte: »Erzähl mir was Neues!«

»Glaubst du, dass sie die Ehe der beiden genauso an sich reißen wird wie die Hochzeit?«

»Na ja, vergiss nicht –«

Vergiss nicht, dass Debbie Kontra geben kann, hatte ich sagen wollen. Doch nach kurzem Nachdenken war ich mir dessen nicht mehr so sicher und zuckte nur mit den Schultern, anstatt den Satz zu vollenden.

Die restliche Strecke legten wir schweigend zurück. In der Ripken Street parkte Max wieder mit zu wenig Abstand hinter meinem Corolla, schaltete den Motor aus, blieb aber sitzen. Ich sah zu ihm hinüber. Er starrte geradeaus. Es war so still, dass ich seinen leicht kratzigen Atem hörte. »Gail«, sagte er nach einer Weile, »als du gesagt hast, dass Debbie Kenneth absolut vertrauen können muss, dass sie bis ans Ende ihrer Tage das Gefühl haben muss, sich auf jedes Wort von ihm verlassen zu können, hast du das wörtlich gemeint?«

»Natürlich.«

»Ohne auch nur einen einzigen Ausrutscher? Ohne den kleinsten Schnitzer? Null Fehler erlaubt?«

»Es geht hier um die Hochzeit unserer Tochter, Max«, sagte ich. »Da gibt es kein ›Mal so, Mal so‹. Kein ›Ach, ist doch egal‹.«

»Verstehe.« Er atmete sehr langsam aus und sagte: »Dann muss ich mich wohl geschlagen geben.«

Das war wieder so typisch. Wir verstanden uns blendend, und dann sagte er etwas, und mir wurde wieder bewusst, dass er vollkommen anders war, das genaue Gegenteil von mir. Ich stieß meine Tür auf und stieg aus dem Wagen. Erst als ich schon fast auf der Veranda war, hörte ich ihn seine öffnen.

Im Wohnzimmer brannte nur eine Lampe auf einem Beistelltisch. Ich konnte im Halbdunkel kaum die Umrisse der Möbel erkennen, doch die kleinen weißen Fetzchen, die auf dem Teppich, auf der Couch und Richtung Küche verstreut waren, sah ich. »Was ist *das*!«, rief ich und knipste das Deckenlicht an. Die

Fetzchen waren Papier, durchscheinendes Papier – Klopapier. Und neben dem Teppich lag eine leere Papprolle. »Oh Mann«, sagte Max. Dann rief er: »Mieze, Mieze?«

»Sie ist hier«, sagte ich. Sie lag eingerollt auf dem Sessel, auf den sie gleich zu Beginn gesprungen war, und sah so zerzaust und verwirrt aus, als hätten wir sie aus einem Schläfchen gerissen. Ich sagte: »Also wirklich!«, und sie blinzelte voller Unschuld.

Max bückte sich, um jedes Fetzchen einzeln aufzuheben. Ich ging den Staubsauger holen. »So was tut man nicht als guter Gast!«, sagte er zur Katze, als ich zurückkam. Ich steckte den Stecker in die Dose, und als ich eingeschaltet hatte, wurde sie munterer, lief aber nicht weg. »Wir haben sie wahrscheinlich für ihren Geschmack zu lang allein gelassen«, sagte Max.

»Sieht ganz danach aus.« Obwohl der Staubsauger ein Stabsauger war, hievte ich ihn auf die Couch, um die Kissen in Angriff zu nehmen. Als ich zu den Sesseln wechselte, erhob sich die Katze gemächlich von ihrem Platz, ließ sich zu Boden plumpsen und verschwand mit hochgerecktem Schwanz.

»War das wirklich nur eine einzige Rolle?«, fragte Max. Er hatte das Pappröhrchen aufgehoben und betrachtete es. »Wie hat sie es geschafft, ein solches Chaos anzurichten?«

»Sieht nach harter Arbeit aus«, sagte ich.

Max ging in die Küche, um die Rolle wegzuwerfen, und ich steckte den Staubsauger aus und stellte ihn zurück in den Garderobenschrank.

Als ich die Küche betrat, stand Max vor dem Kühlschrank und sichtete den Inhalt. »Ich glaube, ich trinke jetzt ein Bier«, sagte er. »Willst du auch eins?«

»Nein danke.«

Ich zögerte.

»Ob Debbie anrufen wird?«, sagte ich schließlich.

»Nein, wird sie nicht.«

»Nur um den Tag noch mal durchzugehen, meine ich.«

»Ausgeschlossen.«

Er nahm sich eine Dose Old Dundalk und schloss die Kühlschranktür. Man hätte denken können, der Mann wäre bei sich zu Hause.

»Also, ich glaube, ich lege mich schlafen«, sagte ich.

»So früh? Es ist kaum neun!«

»Es war ein langer Tag. Du kannst natürlich aufbleiben, solange du willst.«

»Okay. Na dann, gute Nacht.«

Als ich den Raum verließ, setzte er sich gerade in den Sessel, den man nach hinten verstellen konnte. Er kippte ihn so weit zurück, wie er konnte, und sagte langsam: »Aaach ja.« Halb Gähnen, halb Seufzen.

Ich ging in mein Zimmer hinauf, knipste das Licht an und schloss die Tür – und dann ließ ich mich auf die Bettkante fallen und starrte ins Leere.

Max hatte recht: Sie würde nicht anrufen. Warum auch? Sie hatte jetzt ihr eigenes Leben. Hatte es immer gehabt.

Irgendwann stand ich auf und machte mich fertig fürs Bett. Dann legte ich mich unter die Decke und löschte das Licht. Ein vorbeifahrendes Auto warf einen blassen Lichtbogen über die Zimmerdecke, und von fern ertönte leise Musik.

Kurze Zeit später warf ich die Wolldecke zur Seite, sodass mich nur das Laken bedeckte. Ich setzte mich auf, nahm das Kissen, schüttelte es und legte mich wieder hin.

Nach wenigen Minuten hörte ich die Tür aufgehen. Der senkrechte Lichtstreifen entlang der Kante wurde breiter, und die Katze tappte herein. Sie war so schwer, dass ich ihre Schritte deutlich wahrnahm. Als sie hochsprang, drückte sie eine Vertiefung in die Matratze.

Das Komische war: Eine halbe Sekunde lang hatte ich angenommen, das an der Tür wäre Max, und ich hatte mich schon empört: Hat man denn nie seine Ruhe vor diesem Menschen?

Wut ist ein viel angenehmeres Gefühl als Traurigkeit. Reiner irgendwie, und konkreter. Doch wenn die Wut verraucht, ist die Traurigkeit so schnell wieder da, als wäre sie nie weg gewesen.

II

Tag X

Debbie meldete sich dann doch noch.

Sie rief uns am Morgen ihres Hochzeitstags an. Rief Max an, um genau zu sein. Wir waren in der Küche. Max stand am Herd und wendete ein Omelett, und als sein Handy klingelte, zog er es aus der Tasche, warf einen Blick darauf und sagte: »Debbie«, während er auf das Display tippte. »Hallo?«

Ich stellte eine Schale Trockenfutter für die Katze auf den Boden, ging zu Max und blieb neben ihm stehen.

»Ja, hatte ich vor. Warum fragst du?«, sagte er in sein Handy. »Nein. Der Einzige, den ich habe, ist aus Wollstoff für den Winter.« Er sah zu mir und formte mit den Lippen lautlos das Wort »Anzug«.

»Was?«, fragte ich.

»Sie will wissen, ob ich heute bei der Hochzeit das Sakko von gestern trage oder ob ich einen Anzug mitgenommen habe.«

»O-oh.«

Debbie sagte noch etwas.

»Ganz lieb von dir, Schatz«, erwiderte Max, »aber du hast einen wichtigen Tag vor dir! Ich bitte einfach deine

Mom, mein Sakko ordentlich aufzubügeln. Das müsste genügen.«

Ich konnte nicht hören, was Debbie erwiderte, und fragte Max: »Was sagt sie?«

»Sie möchte zusammen mit uns einen Anzug kaufen.«

»Oh! Gut, sag ihr, dass wir mitkommen!«

»Wirklich?«, fragte er.

»Dann sind wir nur zu dritt!«, erwiderte ich fast flüsternd. »Nimm das Angebot an. Sag ihr, dass wir das machen.«

»Deine Mom meint, wir sollen es machen«, sagte er ins Handy. »Gut. Nein, das ist nicht nötig. Ich kann –. Okay, bis dann.«

Er steckte das Handy zurück in die Tasche. »Sie kommt um Viertel vor zehn. Pünktlich zur Öffnungszeit sind wir bei Lerner Brothers, kaufen einen Anzug von der Stange und fahren sie rechtzeitig für die Kosmetikerin wieder zu ihr nach Hause.«

»Und was ist nicht nötig?«, fragte ich.

»Dass sie bezahlt.«

»Auf gar keinen Fall! Sag mal, begreifst du nicht? Das ist perfekt! Unsere letzte Chance, in Ruhe mit ihr über die Sache zu reden, auch wenn es vielleicht nur ein, zwei Stunden sind!«

»Gail«, sagte er. »Nein.«

»Ich setze sie nicht unter Druck, versprochen! Ich mache es ganz diskret. Ich sage ihr nicht, dass sie ihn nicht heiraten soll, sondern nur, dass sie mehr Zeit für die Entscheidung braucht.«

»Was *ist* mit dir, Gail? Warum mischst du dich ein?«

»Aus demselben Grund, aus dem ich mich einmischen würde, wenn mein zweijähriges Kind am Rand einer Klippe stünde.«

»Hier geht es nicht um eine Zweijährige, Gail. Sie ist eine erwachsene Frau und will einen Mann heiraten, der ein einziges Mal einen Fehler begangen hat.«

»Na bitte, na bitte – du glaubst ihm auch nicht! Du hast gerade zugegeben, dass er es getan hat!«

»Ich habe mich falsch ausgedrückt«, widersprach er. »Du hast mich durcheinandergebracht.«

»Genau das macht mich so sauer – dass er ihr nicht die Wahrheit sagt.«

»Nein, es hat dich schon ›sauer‹ gemacht, wie du es nennst, als er ihr noch *gar* nichts gesagt hatte.«

Ich hasse es, dass Max jede Auseinandersetzung bis zum Gehtnichtmehr treibt. Das hatte mich in unserer Ehe total zermürbt. »Können wir das Thema beenden?«, sagte ich.

»Du hast damit angefangen.«

»Gut, dann wechsle ich jetzt das Thema. Hast du gut geschlafen?«

»Ich hatte einen wahnsinnig peinlichen Traum.«

Ach ja, ein weiteres Manko von Max: Er erzählte gern seine Träume, und die waren ausnahmslos ellenlang. Nun sagte er, während er mir eine Omeletthälfte servierte: »Ich habe geträumt, ich hätte meinem Schuldirektor ein Beileidsschreiben geschickt, und dann wurde mir klar, dass gar niemand gestorben war.«

»Wer *war* denn deiner Meinung nach gestorben?«, fragte ich ihn.

»Seine Frau. Ich hatte den Brief in einen Briefkasten geworfen und um ihn wieder rauszuholen eine Art Angel mit einem Stück Schnur und einem Batzen gekauten Kaugummi gebastelt.«

Ich seufzte und kostete von dem Omelett. Es schmeckte gar nicht übel.

»Und als das nicht funktioniert hat, kam mir eine Idee. Wenn sein Briefkasten außen angebracht wäre – an der Außenseite der Haustür –, könnte ich mich hinter einem Gebüsch verstecken und den Briefträger abpassen und …«

Wegen der Sorgen, die ich mir um Debbie machte, hatte ich mich nicht mehr um das Problem meiner beruflichen Situation gekümmert. Nun überlegte ich, was ich unternehmen könnte. Max hatte recht mit seinem Hinweis auf die Schüler, die Mathe nicht mochten: Es hatte mir immer Spaß gemacht, diese Kinder zum Umdenken zu bringen. Ich wartete, und als Max Luft holen musste (er hatte inzwischen die völlig absurde Phase erreicht, die es in Träumen oft gibt, und befand sich plötzlich auf einem Kreuzfahrtschiff), fragte ich: »Glaubst du, dass es mit großem bürokratischem Aufwand verbunden wäre, wieder eine Stelle als Lehrerin zu bekommen?«

»Wie bitte?«

»Ich würde gern wieder unterrichten, aber geht das noch? Ich weiß gar nicht, ob ich das noch dürfte.«

Er musterte mich. »Weißt du, was du brauchst? Du brauchst einen Donnermantel.«

»Einen was?«

»So ein eng anliegendes Mäntelchen, das man Hunden anzieht, die sich vor Donner fürchten. Meine Güte! Führst du eine Liste, auf der jede Sache, um die du dich sorgst, einzeln aufgeführt ist? Und wie merkst du dir das alles?«

»Aber das Mäntelchen hätte vier Ärmel«, sagte ich. »Was mache ich mit den zwei überflüssigen?«

»Setz das gleich auf deine Sorgenliste«, schlug er vor.

Ich lachte und stand auf, um die Kaffeekanne zu holen.

»Würdest du an meiner Schule unterrichten?«, fragte er.

»Du weißt, dass ich nicht aus Baltimore wegziehen kann. Schließlich lebt meine Mutter noch hier.«

Und Debbie. Aber das sagte ich nicht.

»Mein Schulleiter ist wirklich nett«, sagte Max. »Zu den wichtigen Feiertagen laden mich seine Frau und er immer ein.«

»Jetzt vielleicht nicht mehr, nachdem du ihm das Beileidsschreiben geschickt hast.«

»Nein, das Beileidsschreiben habe ich dem Direktor geschickt. Der Direktor und der Schulleiter sind an meiner Schule zwei verschiedene Leute.«

Ich steckte die Kaffeemaschine ein, setzte mich wieder und sagte: »Wir müssen entscheiden, was wir Debbie sagen.«

»*Wir* sagen ihr überhaupt nichts.«

»Ich bin wirklich froh, dass sie uns diese Chance gibt, mit ihr zu sprechen«, erwiderte ich, »aber dass sie es nur tut, weil ihr plötzlich so wichtig ist, was du trägst, finde ich schlimm. Dahinter stecken garantiert die Baileys! Debbie hat sich nie für unsere Kleidung interessiert. Vielleicht stammt der Vorschlag, mit ihr shoppen zu gehen, auch von den Baileys! Und der Schönheitstag womöglich auch! Sie war zuvor noch nie in einem Spa!«

»Sie hat auch nie zuvor geheiratet.«

»Meinst du, sie läuft zu ihnen über?«

»Wer ist ›ihnen‹?«, fragte Max.

»Na, du weißt schon. Die anderen eben. Nicht wir.«

Er hatte seine Kaffeetasse zum Mund geführt, hielt nun aber mitten in der Bewegung inne. »Du hast gerade zum ersten Mal seit sehr langer Zeit von einem ›Wir‹ gesprochen.«

»Hm? Nein, ich dachte nur – ich denke daran, wie es mir ging, als ich jung war. Ich habe mich irgendwie für meine Eltern geschämt. Sie spielten nicht Golf oder Tennis und gingen auf keine Wohltätigkeitsbälle.«

»Meine Eltern mochten deine sehr gern«, sagte Max.

»Ich weiß. Die Einzige, mit der deine Eltern Probleme hatten, war ich. Ich war ihnen nicht knuddelig genug, zu wenig berührungsfreudig.«

»Ach was – sie mochten dich sehr.«

Man beachte: Er sagte nicht »liebten dich«.

Die Art, wie Max mich ihnen damals vorstellte, hatte sie wahrscheinlich zusätzlich abgeschreckt. Wir waren eines Abends auf dem Weg in ein Lokal, da schaute er unangekündigt mit mir bei ihnen vorbei und rief: »Mom! Dad! Gail ist da! Jetzt lernt ihr sie endlich kennen!« Weiß der Himmel, wie heftig er zuvor Werbung für mich gemacht hatte. Und ich war natürlich so sehr darauf bedacht, einen guten Eindruck zu hinterlassen, dass ich mich wie eine Schildkröte in meinen Panzer zurückzog. Geradezu zwanghaft. Ich wusste es, konnte mich aber nicht anders verhalten.

Während meine Eltern die Heirat gutgeheißen hatten, weil Max mich so toll fand, hatten die Eltern von Max sie wahrscheinlich aus demselben Grund *nicht* gutgeheißen. Ihr Sohn hatte diese unnahbare junge Frau mit ihrer steifen Art nach Hause gebracht, von der er behauptete, dass sie perfekt sei, und bezeichnete sich als den glücklichsten Mann auf Erden, weil ihm ein solches Mädchen auch nur Beachtung schenkte. Jetzt konnte ich ihre Sichtweise nachvollziehen. Wenn nicht sogar schon damals.

Und ich bin mir so gut wie sicher, dass sie, wären sie nicht vor unserer Scheidung gestorben, zu Max gesagt hätten: »*Uns* wundert das nicht!«

Debbie kam Punkt Viertel vor zehn. Ich hielt am Fenster Ausschau nach ihr, damit sie nicht parken musste. »Du sitzt vorn«, sagte Max auf der Veranda zu mir, und ich widersprach nicht. Ich wollte sie aus nächster Nähe sehen; ich musste ihren Gemütszustand einschätzen.

Soweit ich es beurteilen konnte, war sie recht gut gelaunt. »Morgen, ihr zwei!«, sagte sie, als wir in ihren Wagen stiegen. Sie trug Jeans und eine Chambray-Bluse und war kein bisschen geschminkt; ihr Haar war noch offen. Normalerweise band sie es am Wochenende zu einem Pferdeschwanz, doch an diesem Tag wollte sie wohl vermeiden, dass der Gummi einen Abdruck hinterließ.

»Alles Gute zu deinem Hochzeitstag, Schatz!«, rief Max von der Rückbank her. »Wie lieb, dass du ihn mit einer gemeinsamen Shoppingtour beginnst!«

»Ich versuche nur die Zeit totzuschlagen«, sagte Debbie und fuhr nach einem Blick in den Seitenspiegel los. »Bis vierzehn Uhr passiert überhaupt nichts. Dann kommt Darleen und schminkt uns alle noch mal.«

»Was hast du zum Mittagessen geplant?«, fragte ich. Auch wenn ich in Debbies Situation keinen Bissen heruntergebracht hätte.

»Kenneths Mutter bringt Sushi«, antwortete sie.

»Aha. Esst ihr gemeinsam?«

»Hm? Keine Ahnung.« Sie setzte den Blinker. »Vielleicht isst sie mit uns; ich habe nicht gefragt.«

Sie würde garantiert zum Essen bleiben. Sonst hätte sie ja liefern lassen können. Sie würde Debbie das Sushi an der Tür überreichen und halbherzig Anstalten machen, wieder zu gehen, woraufhin die Mädchen höflich »Aber bleib doch!« sagen würden, und dann würde sie sagen: »Na gut, ein Viertelstündchen …«

»Wahrscheinlich kommt sogar die Sonne raus«, verkündete Max. Er sprach zu schnell, zu laut. Bestimmt befürchtete er, ich würde etwas Abfälliges über Sophie sagen. Aber das hätte ich niemals getan! Ich lächelte verbissen zum Seitenfenster hinaus, das war alles.

»Hoffentlich«, sagte Debbie.

Ich hätte selbst anbieten sollen, einen Mittagssnack zu organisieren. Mir war nicht klar gewesen, dass Mütter das dürfen.

»Sorgst du dafür, dass Kenneth dich heute nicht sieht?«, fragte Max. »Oder gibt es diese Tradition nicht mehr?«

»Er wird mich nicht zu Gesicht bekommen«, antwortete Debbie. »Er weiß nicht mal, was ich tragen werde. Ich habe ihm nur gesagt, dass mein Kleid bis unters Knie reicht und er keinen Smoking anzuziehen braucht.«

Wir fuhren an meiner Schule vorbei, und ich wandte das Gesicht ab, denn obwohl es Samstag war, hatte ich Angst, jemand könnte mich sehen. (»Was hat Gail Baines um die Ashton School herumzuschleichen, obwohl jeder weiß, dass sie keine Sozialkompetenz besitzt!«)

Wir fuhren an dem kleinen Imbiss vorbei, in dem unsere Schüler nach dem Unterricht zusammensaßen, an der Forellenräucherei und an dem immer angegammelt wirkenden Obst und Gemüse auf dem Gehweg vor Mayellas Markt. Debbie erzählte, dass Kenneths Großmutter Kenneth und ihr einen ganzen Kasten mit altem Silberbesteck geschenkt hatte. »Ein wirklich schönes Muster«, sagte sie, »und bei ein paar Sachen weiß ich nicht mal, wofür man sie braucht. Messer mit komischen Einkerbungen und Gabeln mit nur zwei Zinken.«

»Oje, da hast du viel zu putzen«, sagte ich.

»Kein Problem. Wenn man Silber täglich benutzt, behält es den Glanz von selbst.«

»Du willst die Austerngabeln jeden Tag benutzen?«

»Ach, Austerngabeln sind das? Na dann …«

Hinten auf der Rückbank sagte Max: »Gehe ich recht in der Annahme, dass ich das Hemd von gestern Abend heute noch mal tragen kann?«

Debbie warf einen Blick in den Rückspiegel. »Hast du kein zweites dabei?«

»Kein Anzughemd.«

Sie sah zu mir und verdrehte die Augen.

»Wir kaufen eines bei Lerner Brothers«, sagte ich.

»Langsam wird die Sache teuer«, wandte Max ein.

»Ich habe doch gesagt, dass ich das bezahlen möchte«, sagte Debbie.

»Nein, nein …«

Ich weiß nicht, warum er die Kosten thematisierte. So günstig wie Lerner Brothers war kaum ein Laden.

Und prompt – nachdem wir das Geschäft betreten hatten und an einem Gestell mit Boxershorts in Dreierpacks und Unmengen von Laufschuhen vorbeigegangen waren – hing da ein Schild mit der Aufschrift *ALLE ANZÜGE 40 % RABATT*. »Seht ihr – genau so war es gedacht«, sagte Max, als wäre die Einkaufstour seine Idee gewesen. Debbie und er verschwanden sofort in der Anzugabteilung, während ich einen Abstecher zu den Hemden machte. Ich kannte zwar Max' Größe, befürchtete aber, dass diese Hemden klein ausfielen, und durchstöberte sie auf der Suche nach einem für seinen Schmerbauch günstigen Schnitt. Und hatte er eigentlich einen Schlips dabei? Sicherheitshalber wählte ich einen aus einem Haufen unverpackter Krawatten, die wie ausrangiert auf einem Ladentisch lagen. Dunkelblau mit winzigen weißen Sternchen. Das passte zu so gut wie allem.

Als ich zu den Anzügen zurückkehrte, war Max schon in einer Kabine verschwunden, und Debbie saß nicht weit weg in der Schuhabteilung und wischte auf ihrem Handy herum. »Na, was meinst du?«, fragte ich, während ich mich neben sie auf den Stuhl fallen ließ. Ich zeigte ihr die Krawatte, und sie nickte. »Allerdings nur, wenn es nicht der braune wird«, sagte sie. »Er hat einen braunen, einen schwarzen und einen dunkelblauen in die Kabine mitgenommen.«

»Braun!«, sagte ich. »Das geht gar nicht!«

»Ich glaube, er war von keinem ganz überzeugt. Machen wir ihm den blauen schmackhaft, okay?«

»Solange er halbwegs passt. Lerner Brothers hat nämlich keinen eigenen Schneider im Haus.«

»Stimmt.«

Sie sah wieder auf ihr Handy.

Aus den Lautsprechern kam *By the Time I Get to Phoenix*. Drüben bei den T-Shirts kicherte ein altes Ehepaar; die Frau hielt ein Shirt mit aufgedrucktem Spruch in die Höhe.

»Debbie«, sagte ich. Ich räusperte mich.

»Hmm?« Sie blickte nicht auf.

»Deb, ist dir eigentlich klar, dass das eine Sache für immer ist?«

Jetzt blickte sie auf. »Nicht unbedingt«, erwiderte sie. »Das solltest du am besten wissen.«

»Aber niemand *will* eine Scheidung. Kein Mensch geht eine Ehe ein und sagt sich: ›Sollte ich es mir anders überlegen, kann ich meinen Partner jederzeit verlassen.‹«

»Ich glaube, dass sich das ziemlich viele sagen.« Und schon war sie wieder mit ihrem Handy zugange.

Ich beschloss, es gut sein zu lassen. Ich hätte es nicht ertragen, wenn meine einzige Tochter an ihrem Hochzeitstag nicht mit mir geredet hätte.

Doch dann ließ sie das Handy plötzlich in ihre Handtasche fallen, drehte sich zu mir und sah mich an. »Okay, Mom«, sagte sie. »Du willst meine Meinung hören?«

Ich wappnete mich innerlich.

»Meiner Meinung nach bist du aufgrund deiner Erfahrung felsenfest überzeugt, dass der Mann in einer solchen Situation die Konsequenzen zu tragen hat.«

»Aufgrund *meiner* Erfahrung? Was soll das heißen?«

»Ich zähle nur eins und eins zusammen. Ich habe nie nach den Details gefragt und frage auch jetzt nicht danach. Ich möchte sie wirklich nicht wissen. Aber das kann ich dir sagen: Ich habe im Leben gelernt, was ich besser *nicht* mache. Ich will keine Ehefrau sein, die ihrem Mann etwas ewig nachträgt. Die ihrem Mann nicht den kleinsten dummen Fehler verzeiht.«

»Aber –«

»Wie sehe ich aus?«, fragte Max.

Er sah aus wie ein Bestatter. Das heißt wenn man sein T-Shirt mit dem runden Halsausschnitt ausblendete. Der Anzug, den er darüber trug, war aus festem, glänzendem Stoff und so kohlrabenschwarz, dass seine Haut aschfahl wirkte. Er sah darin beinahe aus, als wäre er tot.

Doch das konnte ich ihm in diesem Moment nicht sagen. Ich brachte es nicht übers Herz. In seinem Gesicht stand solche Hoffnung, dieses hoffnungsvolle, arglose Lächeln. Er fand, dass er fantastisch aussah, das war klar.

Nach ein paar Sekunden sagte Debbie: »Probier den dunkelblauen an.«

Das Lächeln schwand. »Wirklich?« Er sah zu mir. »Was denkst *du*?«, fragte er mich.

»Ja, probier vielleicht doch mal den … dunkelblauen«, sagte ich matt.

»Wie bitte?«

»Schlüpf in den dunkelblauen.«

»Hmm.«

Er blickte bedauernd an einem Ärmel hinunter, machte kehrt und ging in die Kabine zurück.

»Und darunter dieses Hemd!«, rief ich, stand auf und winkte mit dem Hemd, das ich ausgesucht hatte. »Und diese Krawatte!«

»Ich habe schon eine Krawatte«, entgegnete er über die Schulter hinweg. »Außerdem muss ich das alles nicht anziehen – der dunkelblaue ist exakt so geschnitten wie der schwarze.«

Obwohl ich mir den Schnitt des schwarzen nicht genau angesehen, sondern nur auf die Farbe geachtet hatte, drängte ich Max nicht weiter. Ich legte die Krawatte auf den Verkaufstisch zurück, setzte mich wieder neben Debbie und sagte: »Ein Glück, dass den Brautvater sowieso keiner anschaut.«

»Stimmt.« Sie starrte wieder in ihr Handy. Plötzlich sagte sie: »Du ahnst es nicht – Bitsy hat einen Nesselausschlag.«

»Einen Nesselausschlag?«

»Sie meint, es könnte vom Essen gestern Abend kommen.«

»Die Arme«, sagte ich. »Deb –«

»Vielleicht von der Ananas in ihrem Hähnchengericht, meint sie.«

Ich zwang mich, ihr aufmerksam zuzuhören. »Kann sie trotzdem zur Hochzeit kommen?«

»Ja, aber sie schreibt, dass ihr Gesicht kleine Kinder erschrecken könnte.«

»Ach, auf die Brautjungfern schaut auch kein Mensch.«

Sie musste lachen. »Jetzt übertreibst du, Mom.«

»Es ist aber so«, erwiderte ich. »Habe ich recht, Max?«, fragte ich Max, der gerade – wieder in Alltagskleidung und den dunkelblauen Anzug zu einem Bündel zusammengerafft unter dem Arm – auf uns zukam. »Bei Hochzeiten schauen alle nur auf die Braut.«

»Vollkommen richtig«, antwortete er und ließ den Anzug auf das Hemd in meinem Schoß fallen. »Deshalb hätte mein Khaki-Sakko auch völlig ausgereicht.«

Debbie legte ihr Handy in ihre Tasche und stand auf. »Bitsy hat einen Nesselausschlag«, erzählte sie ihrem Vater auf dem Weg zur Kasse. »Sie glaubt, dass es die Ananas gestern Abend war.«

»Ach ja, im Huhn«, sagte Max.

»Du hast auch das Hühnchen gegessen?«, fragte ich ihn.

»Ja.«

»Ich dachte, du bist Vegetarier.«

»Bin ich auch. Aber irgendwie waren Hühner für mich noch nie fühlende Wesen.«

Ich warf Debbie einen resignierten Blick zu, den sie offenbar nicht wahrnahm.

Als wir bezahlt hatten – als Max bezahlt hatte – und wieder auf der Straße waren, sagte Debbie: »So, das wäre erledigt. Und jetzt nichts wie nach Hause, bevor meine Brautjungfern kommen.«

»Nochmals danke, Schatz«, sagte Max. »Schön, dass du mir so geholfen hast.«

Was ich zugegebenermaßen sehr liebenswert fand; schließlich war er nur ihretwegen shoppen gegangen.

Es regnete zwar noch nicht, doch die Luft fühlte sich feucht und schwer an. Ich hoffte, dass es nicht heiß werden würde; Debbies Brautkleid war hochgeschlossen. Aber vielleicht würde sie die Hitze gar nicht bemerken. Vielleicht würde sie eine von den Bräuten sein, die vor Glück so beschwingt sind, dass sie förmlich abheben und das Wetter gar nicht bemerken.

Auf mich machte sie allerdings nicht diesen Eindruck. Sie war unsere wie immer gut geerdete Debbie, die den Wagen gekonnt durch den Samstagsverkehr steuerte. Wobei ich ihr Gesicht nicht sehen konnte, denn ich saß diesmal hinten, weil die klobige Tüte von Lerner Brothers irgendwie an mir hängen geblieben war.

Jeder von uns ließ sein Fenster herunter, und Debbie drehte das Radio an. Es gab Sportnachrichten. Die Orioles hatten offenbar einen Lauf, und Debbie meinte, das würde so bleiben. Max stimmte ihr zu. »Dieses Jahr könnten sie es in die World Series schaffen.«

Wie ich zufällig wusste, interessierte Max kaum etwas weniger als die World Series. Er suchte schlicht die innere

Nähe zu seiner geliebten Tochter. Und das, zusammen mit der Erinnerung an sein argloses Lächeln in dem grausigen Anzug, tat mir im Herzen weh. Ich kann es nicht anders sagen. Es tat mir im Herzen weh.

Wir hielten vor meinem Haus, und er beugte sich zu Debbie hinüber und gab ihr ein Küsschen, bevor er ausstieg. Ich aber musste die Tüte hinausmanövrieren und stieß die Wagentür erst hinter mir zu, als er schon die Verandastufen hinaufstieg. Ich blieb neben Debbies Fenster stehen und sagte: »Deb –«

Und sie sagte: »Mom –«

Sie hatte Angst, dass ich wieder mit Kenneth anfangen könnte, das spürte ich. Sie wollte mich daran hindern. Doch ich ließ ihr keine Chance dazu, sondern sagte: »Deb, ich kann dich nicht weiter glauben lassen, dass … Ich weiß, was du denkst. Aber das ist deinem Dad gegenüber nicht fair. Das war nicht dein Dad. Das war ich.«

»Was?«

»*Ich* habe den dummen Fehler begangen.«

Sie machte den Mund auf und setzte zu einer Erwiderung an, betrachtete mich dann aber schweigend, mit beiden Händen das Lenkrad umklammernd.

Ich hielt es nicht länger aus. Ich ging.

Als wir das Haus diesmal betraten, fanden wir alles so vor wie gehabt, was ich als Zeichen dafür nahm, dass sich die Katze allmählich wohler fühlte. Wobei ich natürlich nicht wollte, dass sie sich *zu* wohl fühlte. Sie spazierte die Treppe hinunter, begrüßte uns mit einem sanften »Miau« und ging in die Küche, wo gleich darauf das Trockenfutter zu rasseln begann.

»Soll ich meinen neuen Anzug vorführen?«, fragte Max.

»Damit würde ich bis zur Hochzeit warten«, antwortete ich.

Denn ganz ehrlich – sein Anzug war das Letzte, was mich in diesem Moment interessierte. Meine Gedanken drehten sich nur um das, was ich zu Debbie gesagt hatte. Ich hatte dieses Gefühl, außer Atem zu sein, so als hätte ich etwas sehr Gefährliches hinter mich gebracht, und ich musste mich sammeln, um weitersprechen zu können. »An dem Anzug lässt sich sowieso nichts mehr ändern«, sagte ich, »dafür ist es zu spät.«

»Also, eine winzige Kleinigkeit könnten wir noch machen.«

Ich sah ihn argwöhnisch an.

»Du könntest die Ärmel einen Tick kürzen.«

»O-oh.«

»Nur ein winziges Stückchen, versprochen. Einen Fingerbreit oder zwei.«

»Einen Fingerbreit oder zwei?«, sagte ich. »Max, also wirklich!«

Aber ich gab ihm die Lerner-Brothers-Tüte, und er stellte sie auf die Couch, nahm das Anzugjackett heraus und ruckelte sich hinein. »Warum hast du keine andere Größe anprobiert?«, fragte ich.

»Ich wollte Debbie nicht noch mehr Zeit stehlen.«

»Stattdessen stiehlst du jetzt *mir* Zeit.«

»Ja, aber du hast mehr als sie.«

Dem ließ sich nicht widersprechen. Ich hatte leider alle Zeit der Welt. Ich ging mein Nähkästchen holen.

Als ich die Ärmel absteckte – Max stand vor mir und hielt beide Arme starr nach unten wie ein gehorsames Kind –, sagte er: »Ich habe mir überlegt, dass ich dich zum Mittagessen einladen könnte, wenn du damit fertig bist.«

»Nicht nötig. Aber trotzdem danke.«

»Ich könnte dich ins Cultured Crab ausführen. Was meinst du?«

»Wir haben jede Menge Essen hier«, wandte ich ein.

»Was denn?«

»Tiefgefrorene Hähnchen-Pies zum Beispiel, jetzt, wo ich weiß, dass du Hähnchen isst. Die sind lecker. Müssen nur in die Mikrowelle.«

»Hättest du nicht lieber Krabben?«

»Ich habe eigentlich keinen Hunger«, erwiderte ich, streifte die Anzugjacke – vorsichtig, wegen der Nadeln – von ihm ab und kramte im Nähkästchen nach dunkelblauem Garn.

»Kein Wunder«, meinte er nach einer kurzen Pause. »Warum bin ich nicht längst darauf gekommen: Für dich ist das ein sehr stressiger Tag.«

»Kann man so sagen«, sagte ich.

Denn ich wollte auf keinen Fall zugeben, dass ich aus Angst, einen Anruf von Debbie zu verpassen, nicht bereit war, aus dem Haus zu gehen.

Vielleicht würde sie anrufen, sobald sie daheim war. Sie würde sich auf dem Festnetz melden, weil sie wusste, dass mein Handy immer in meiner Handtasche blieb, und sie würde sagen … ja, was? Was erhoffte ich mir?

Ich hätte vor dem Autofenster stehen bleiben sollen, nachdem ich es ihr gebeichtet hatte, sagte ich mir. Ich hätte ihre Reaktion abwarten sollen. Nur hatte ich eben so schreckliche Angst vor ihrer Reaktion gehabt.

Wie auch immer – sie würde nicht anrufen. Sie war bestimmt schon einige Zeit zu Hause. Hätte sie anrufen wollen, hätte sie es längst getan.

Trotzdem setzte ich mich zum Einfädeln auf den Stuhl, der am nächsten zum Telefon stand.

»Gut, dann bleiben wir hier und nehmen ein bisschen Nervennahrung zu uns«, sagte Max. »Schnuckelige kleine Hähnchen-Pies! Ich stelle sie in die Mikrowelle.«

»Danke, Max«, sagte ich, und ich meinte es ernst. Ich hob den Blick von der Näharbeit und sagte: »Vielen Dank!«

Er ging in die Küche.

Ich schnitt den Faden vom ersten Ärmel ab und nahm mir den zweiten vor.

Max. Das war das einzig Tröstliche: Ich hatte seinen guten Ruf bei ihr wiederhergestellt, auch wenn er es nie erfahren würde.

Ich rief ihn mir in Erinnerung, wie er in seinem traurig schwarzen Anzug vor uns gestanden hatte, so hoffnungsvoll, so ahnungslos, ein Mann, der niemals einem anderen Menschen bewusst schaden würde, und nach und nach besserte sich meine Stimmung. Ich atmete wieder regelmäßig. Ich machte einen winzig kleinen dunkelblauen Stich nach dem anderen, und mit jedem Stich wurde ich ruhiger.

Und als er nach dem Mittagessen fragte, was er tun solle – auf dem Boden der Mikrowelle klebe Hähnchen-Pie-Soße –, zuckte ich nur mit den Schultern und sagte, das sei nicht schlimm.

Während Max sein Nachmittagsschläfchen machte, bügelte ich die Anzugärmel. Dann frischte ich mein Kleid ein bisschen auf, nur um mich zu beschäftigen, und stöberte nach einem großen Umschlag für die Fotos. Ich überlegte sogar kurz, zum Club zu fahren, dem Veranstaltungsort der Hochzeitsfeier, und die Fotos schon mal aufzuhängen, doch dann erschien mir das übertrieben, denn es waren nur sechs. Stattdessen setzte ich mich auf die Wohnzimmercouch und streichelte eine Weile die Katze, die das mehr oder weniger zuließ. Sie regte sich, knurrte ein bisschen, schlief aber weiter.

Ich fragte mich, ob Sophie noch immer bei Debbie war, mit den Mädchen plauderte und Sushi aß. Nein, sie war inzwischen bestimmt wieder bei sich zu Hause, zog sich vielleicht gerade für die Hochzeit um. Ich war gespannt auf ihr Kleid. Irgendwie hoffte ich, dass sie zu den Schwiegermüttern gehörte, die der Braut die Show zu stehlen versuchten, indem sie etwas Schickeres trugen, vielleicht sogar etwas in Cremeweiß. Doch das war albern. Dazu war Sophie viel zu vernünftig. Ich war ja nur eifersüchtig auf sie, weil ich Angst hatte, Debbie könnte sie mehr mögen als mich.

Als Debbie klein gewesen war, lange vor unserer Scheidung, hatte sie sich oft in andere Familien verliebt. Sie kam beispielsweise von einer Freundin nach Hause und wollte, dass auch wir auf dem Land wohnten und riesige Familientreffen und Festtagszusammenkünfte veranstalteten. Warum war sie ein Einzelkind, wollte sie wissen, warum nur! Ich erklärte ihr, dass wir uns keine weiteren Kinder leisten könnten – zumindest nicht, wenn sie einmal ein Spitzen-College besuchen wolle. »Siehst du!«, rief sie. »Du willst immer alles perfekt – mir würde auch *so einigermaßen* reichen, wenn ich dafür viele Geschwister hätte!«

»Perfekt *haben*«, korrigierte ich sie.

Ich verriet nicht, dass ich mein halbes Leben hindurch solche Klagen zu hören bekommen hatte. Kannst du es nicht einmal gut sein lassen?, wurde ich immer wieder gefragt.

Um halb vier ging ich mit dem Anzug und meinem Kleid über dem Arm nach oben. Vor dem Gästezimmer blieb ich stehen und klopfte, weil ich dachte, ich müsste Max wecken, doch er öffnete sofort die Tür und sagte: »Hi.«

»In einer halben Stunde sollten wir los«, sagte ich, während ich ihm den Anzug reichte. »Wir müssen noch meine Mutter abholen.«

»Ja, ich habe es nicht vergessen.«

Ich ging in mein Zimmer und breitete das Kleid auf dem Bett aus. Es war noch ein bisschen warm vom Bügeln. Ich würde mir die Strumpfhose sparen, beschloss ich. Schließlich reichte das Kleid bis zur Mitte der Waden.

Im Badezimmerspiegel sah ich alt aus. Niemand warnt einen, dass das Gesicht an manchen Tagen von Falten durchzogen und an anderen fast völlig glatt sein wird. An diesem Tag war es faltig. Die Augen waren zu Dreiecken gestaucht, und die Stirn war so tief gefurcht, dass sie mich an ein Blatt liniertes Papier erinnerte. Wenigstens hing mein Haar glatt herunter. Von dem Friseur-Experiment sah man nichts mehr.

Ich zog mich ohne einen weiteren Blick in den Spiegel an und ging wieder nach unten. Gleich darauf kam Max in seinem neuen Anzug und Hemd und einer grauenhaften Krawatte, königsblau mit diagonal angeordneten gelben Blitzen. Und er trug seine normalen Schuhe – Kreppsohlen und schwarzes Segeltuch. Tja, das ließ sich jetzt nicht mehr ändern. Wenigstens sah er nicht alt aus.

Andererseits – wer erkannte das schon so genau, unter den Stoppeln? Männer waren immer im Vorteil.

Der Regen ließ nach wie vor auf sich warten, und die Leute machten, was man samstags so tat. Familienkutschen mit Dachträgern voller Liegestühle fuhren vorbei, und Kombis parkten in zweiter Reihe, um ganze Horden Sportsachen schleppender Kinder in sich aufzunehmen. Ich bekam Angst, dass wir uns verspäten könnten. Als wir vor Moms Wohnhaus hielten, war von ihr nichts zu sehen, dabei wartete sie sonst immer schon draußen. »Ausgerechnet heute«, sagte ich, holte das Handy aus meiner Tasche und tippte auf ihre Nummer.

»Hallo?«, sagte sie endlich, aber so zaghaft, als stünde kein Anrufername auf dem Display.

»Mom, wo *bleibst* du?«, fragte ich. »Wir stehen hier unten und warten.«

»Ich wäre längst da, wenn mein Handy nicht plötzlich geklingelt hätte.«

Ich sah Max an und rollte mit den Augen. »Wir stehen im Parkverbot vor deinem Haus«, sagte ich.« Dann beendete ich das Gespräch und steckte das Handy ein. »Die Frau ist jeden Tag auf den Beinen, bevor es hell wird. Warum trödelt sie genau heute?«

»Ach komm«, sagte Max. »Sei nicht so streng mit ihr, Gaily-Girl.«

»Würdest du mich *bitte* nicht Gaily-Girl nennen!«

»Tut mir aufrichtig leid, Madam.«

Ich verschränkte die Arme vor der Brust und starrte wütend zur Windschutzscheibe hinaus, und Max stellte den Motor ab. Als ich meine Mutter hinten an der Tür hantieren hörte, bewegte ich nicht mal den Kopf in ihre Richtung.

»Bitte tausendmal um Verzeihung!«, flötete sie.

»Wir sind nicht in Eile«, versicherte Max.

»Das denkst auch nur du«, sagte ich. Während er den Motor anließ und sich in den Verkehr einfädelte, drehte ich mich auf meinem Sitz um und begutachtete die Aufmachung meiner Mutter. Ich kannte außer ihr keine Frau, die zu besonderen Anlässen immer noch Hut trug.

Der, den sie an diesem Tag aufgesetzt hatte, war schmalkrempig und saß leicht schräg auf dem Kopf. An einer Seite spitzte eine weiße Chiffonrüsche hervor wie eine Handvoll Kleenextücher.

»Mich hätte sicherlich auch eine Freundin mitgenommen«, sagte Mom, »aber die fahren in letzter Zeit alle so schlecht. Ich sterbe nicht gern am Hochzeitstag meiner einzigen Enkelin.«

»Ach, wir hätten es ihr einfach erst *nach* der Trauung erzählt«, erwiderte ich in beruhigendem Ton.

Max lachte schallend los, meine Mutter aber sagte geziert: »Das wäre wohl auch das Klügste gewesen«, und betrachtete eine junge Frau, die auf dem Bordstein stand und offenbar noch die Klamotten der vergangenen Nacht trug – ein durchsichtiges blaues Schlauchkleid mit einem Schlitz vorn in der Mitte, der bis zum Schritt hinaufreichte. »Oh mein Gott«, murmelte Mom. »Was für eine Unterhose trägt man zu so was?«

»Wir haben Debbie heute zufällig schon zu Gesicht bekommen«, erzählte Max. »Sie wirkte sehr ruhig und unaufgeregt.«

»Natürlich, sie kommt nach mir«, sagte meine Mutter.

Ich fragte mich, warum es in meinem Leben so viele nervige Menschen gab.

Auf dem Parkplatz der Kirche war mehr los als tags zuvor. Gerade gingen Max' Nichte Rose und ihr Mann über die asphaltierte Fläche, gefolgt von einem Trio mir unbekannter junger Frauen in knalligen Farben und von Debbies früherer Klavierlehrerin. Max stellte sich auf den Platz neben Daves Cabrio.

»Wird das eigentlich eine *sehr* große Hochzeit?«, fragte meine Mutter, als sie ausstieg.

»Sie war nicht sehr groß geplant«, antwortete ich. »Aber Kenneths Eltern haben offenbar ein paar Gäste dazugepackt.«

Die Eltern des Bräutigams hatten bei dieser Hochzeit überhaupt sehr viel mehr mitzureden als üblich, da sie den Großteil der Kosten trugen. Max und ich hätten das niemals allein gestemmt. Wir – und sogar Debbie und Kenneth selbst – hatten etwas viel Schlichteres im Sinn gehabt. Doch eines hatte zum anderen geführt, wie es so schön heißt. Das Fest am Abend beispielsweise würde in einem Club stattfinden, in dem die Baileys Mitglieder waren, weshalb sie es auch bezahlten. Ich wollte gar nicht wissen, wie hoch die Rechnung sein würde.

Wir hatten Anweisung, zusammen mit den Gästen der Braut in einem kleinen Raum neben dem Foyer zu warten, bis man uns zu unseren Plätzen führen würde. Doch zuerst mussten wir meine Mutter mit einem von Kenneths Freunden zusammenbringen, die bei der Hochzeit halfen. Wie sich herausstellte, hatte man ihr den jungen Mann zugeteilt, dessen Namen ich nicht kannte. Nach einer galanten Verbeugung bot er ihr den Arm, und sie zog mit ihrer lustig hüpfenden Rüsche am Hut von dannen.

In dem Nebenraum war Debbie von drei Brautjungfern umringt, die völlig unnötig, wie ich fand, an ihrem Kleid herumfummelten. Sie sah ohnehin schon wie ein Model auf einem Zeitschriftencover aus. Ich fühlte mich fast eingeschüchtert in ihrer Nähe, und nicht nur wegen unseres letzten Gesprächs. Ihr Kleid war leuchtend smaragdgrün und brachte den Goldton in ihrem Haar zur Geltung. Die Schuhe – flache Ballerinas, denn sie hasste High Heels – hatten die gleiche Farbe. Sie hatte den Brautjungfern ihre Kleiderwahl selbst überlassen, nur irgendein Grün musste es sein. Bitsy hatte sich für ein strahlendes Gelbgrün entschieden, Caroline für ein helleres Grün mit weißen Gänseblümchen, und Elizabeth trug ein olivgrünes Kleid mit U-Ausschnitt. (Das Olivgrün passte meiner Ansicht nach nicht zu den anderen Grüntönen, aber egal.)

Max ergriff als Erster das Wort. »Ach, mein Schätzchen«, sagte er, und seine Stimme klang leicht kratzig, was in mir sofort den Entschluss hervorrief, sachlich zu bleiben. Und so sagte ich nur: »Du siehst sehr hübsch aus, Deb«, womit ich nicht ansatzweise zum Ausdruck brachte, wie ich ihr Aussehen *wirklich* fand.

»Danke«, erwiderte sie. »Die Blumen sind nicht gekommen, ist das zu fassen? Wir hatten sie bei Cindy Ross bestellt. Ihr erinnert euch doch an Cindy? Sie ist ein Jahr vor dem Abschluss von der Highschool abgegangen und hat einen Blumenladen eröffnet, und ich habe die Blumen extra bei ihr bestellt. Sie sollte sie mir persönlich nach Hause liefern, bevor wir hierherfuhren, aber wer natürlich nicht kam, war …«

»Das macht nichts«, versicherte Max, »kein Mensch wird bemerken, dass sie nicht da sind. Ach, da ist ja Bitsy – und nicht die kleinste Pustel im Gesicht – oder heißen die Dinger Quaddeln?«

Er wollte taktvoll sein, denn ihr Teint war alles andere als glatt, doch sie sagte: »Sie hätten mich sehen sollen, als ich heute aufgewacht bin! Meine Mom sagte noch: ›Bitsy Taylor! So gehst du mir nicht auf die Hochzeit!‹«

Jemand tippte auf meine Schulter. »Es ist so weit«, sagte Dave.

Ich wäre so gern noch ein bisschen bei Debbie geblieben. Ich hätte ihr gern gesagt … ach, was weiß ich. Doch ich hakte mich bei Dave unter und ging hinaus, ohne sie noch einmal anzusehen, und Max folgte dicht hinter uns.

Die Kirche war sogar noch voller, als ich erwartet hatte. Die meisten Gäste saßen natürlich auf der Bräutigam-Seite, aber unsere Seite war auch nicht gerade leer. Auf dem Weg durch den Mittelgang sah ich Tante Tess und ihre Tochter Cheryl und Debbies Tennispartnerin und zwei Freundinnen von Debbie aus unserer früheren Fahrgemeinschaft mit – vermutlich – ihren Ehemännern. Ganz vorn, am Ende des linken Gangs, schlich eine Gestalt herum, die ich zuerst nicht erkannte. Dann wurde mir klar, dass das Spofford Talbot war, ein früherer Highschool-Mitschüler von Debbie – ein linkischer, schwerfälliger Junge (und *immer* noch ein Junge), der sich als freiberuflicher Fotograf versuchte. Sophie hatte vorgehabt, mehrere Profis zu engagieren, doch Debbie hatte sich durchgesetzt, und da war er nun und versuchte möglichst nicht aufzufallen, während er zögerlich knipste. Und die Orgel dudelte pausenlos etwas Nichterkennbares vor sich hin, ohne dass irgendwer zuhörte.

Dave führte mich zur ersten Reihe und wartete, bis ich neben meiner Mutter Platz genommen hatte. Sie schenkte mir ein strahlendes falsches Lächeln und blickte wieder geradeaus. Dann setzte sich Max neben mich. Er setzte sich so, dass sein Rücken die hintere Lehne nicht ganz berührte; als wollte er jeden Moment wieder aufspringen.

Das Orgelspiel riss unvermittelt ab. Gleich danach brauste ein Akkord auf und mündete in eine resolute Melodie. Der *Hochzeitsmarsch* von Wagner war es nicht, sondern etwas anderes, keine Ahnung, was. Etwas, das fast nach Trompetenfanfaren klang.

Reverend Gregory wartete vorn in einem schmal geschnittenen grauen Anzug; neben ihm standen Kenneth und Jared. Kenneth wirkte auf mich wie immer, weder angspannt noch nervös. Er trug eine weiße Nelke im Knopfloch, was mich überraschte. Ich hatte gedacht, dass die Floristin der Braut auch für die Blumen des Bräutigams zuständig wäre, doch dem war offenbar nicht so.

Ich weiß nicht, warum ich so sehr auf das Thema Blumen fixiert war, anstatt mir den Einzug der Braut anzuschauen. Jedenfalls blickte ich stur geradeaus und sah alle erst in dem Moment, in dem sie vorn ankamen – zuerst Bitsy mit dem namenlosen Kenneth-Freund, dann Caroline mit Dave, dann Elizabeth ohne Begleitung, aber mit … Oho! Sie hielt einen Strauß in der Hand. Etwas Weißes, das aussah wie Spitze. Und auch die anderen trugen Sträuße, wie ich erst jetzt bemerkte, auch Debbie selbst, als sie schließlich kam. Ihre Blumenfreundin musste in letzter Sekunde doch noch aufgetaucht sein.

Debbie ging als Einzige normal, ohne ihre Schritte mit einem kleinen Ruck der Musik anzupassen. Und ihre heitere Miene überzeugte mich endlich, dass sie wusste, was sie tat. Als sie vorn angelangt war, gab sie Elizabeth ihren Strauß und stellte sich neben Kenneth, der sie übers ganze Gesicht strahlend anlächelte.

Die Orgel verstummte. Reverend Gregory blickte auf die Versammelten und rief: »Liebe Brüder und Schwestern im Herrn.«

Ich riss die Augen auf und versuchte an etwas nicht Rührseliges zu denken. Ich dachte zum Beispiel daran, wie nervtötend Debbie im Teenager-Alter gewesen war, als sie ständig die dummen Ausdrücke nachplapperte, die sie von ihren Freundinnen aufgeschnappt hatte. Alles war »hyper« und »mega« und »krass« oder »hammerhart« gewesen. Die Erinnerung an diese Wörter tat gut, und ich versuchte, mir weitere ins Gedächtnis zu rufen.

»Wer segnet die Entscheidung dieses Paares?«, fragte Reverend Gregory vollkommen unerwartet – zumindest unerwartet für *mich*. Max und ich standen auf. Max hatte schon meine Hand ergriffen; er drückte, und wir sagten wie aus einem Mund: »Wir.«

Danach ging es Schlag auf Schlag. An das Ja von Debbie und Kenneth kann ich mich nicht erinnern, aber sie mussten es natürlich gesagt haben, und als Nächstes registrierte ich, dass sie sich küssten. In diesem Moment fiel mir ein weiterer Spruch von Debbie ein – diesmal einer aus ihrer frühen Kindheit. Sie war im Kindergarten von der Wippe gefallen und hatte sich an der Stirn verletzt, und als sie sich später die Naht in unserem

Badezimmerspiegel ansah, fragte sie: »Heißt das ›Platzwunde‹, weil sie am richtigen Platz ist und für immer da bleibt?«

Natürlich hatte mich dieser Spruch überhaupt nicht genervt, sondern sehr amüsiert. »Nein, sie verschwindet wieder, ganz bestimmt.«

Und so kam es auch.

Kenneth trat einen Schritt nach hinten und lächelte bedeutungsschwer zu Debbie hinunter. Dann hakte er sie unter und drehte sich Richtung Kirchenportal, um sie durch den Mittelgang zurückzuführen. Die Organistin stimmte Mendelssohns *Hochzeitsmarsch* an – endlich folgte sie Reverend Gregorys Playlist –, und das Stück passte genau, denn gab es fröhlichere Töne als diese? Die beiden begannen auf ihrem Weg aus der Kirche fast im Takt der Musik zu hüpfen.

Die Gäste standen und schlenderten noch eine Weile im Kirchenraum herum. Sie begrüßten ihre Bekannten, stellten sich gegenseitig vor und plauderten in kleinen Grüppchen. Kenneths Eltern kamen zu uns und sagten, was für eine wunderschöne Braut Debbie sei (Sophie selbstverständlich in einem für eine Bräutigamsmutter absolut passenden Kleid), und ich sagte ihnen, dass Kenneth sehr gut ausgesehen habe. Wir begrüßten Max' Nichte, lobten Reverend Gregory für den Ablauf der Trauzeremonie und winkten zu Spofford Talbot hinüber, der allerdings zu sehr mit der Kamera beschäftigt war, als dass er ein richtiges Gespräch mit uns bewältigt hätte. Im Foyer bildete sich eine kleine Menschentraube um das Brautpaar, doch diese Leute interessierten ehrlich gesagt

sich an, sondern allein. Normalerweise durchlebt man Kindheit und Jugend, bevor man dem anderen begegnet.

Als ich fertig war, trat ich ein Stück zurück und prüfte das Gesamtbild. »Wie findest du es?«, fragte ich Max, der mit seitlich geneigtem Kopf neben mir stand. »Die Schuhe sind großartig«, sagte er. Er meinte die Schuhe, die Debbie an ihrem ersten Schultag getragen hatte: Halbschuhe mit Flügelkappen, so neu, so riesig und so blendend weiß, dass sie sie immer anschauen musste. Der Betrachter des Fotos sah nur den oberen Teil ihres gesenkten Kopfes.

Wir starrten ziemlich lang auf das Foto. Als hätte es nichts Faszinierenderes gegeben als Debbies leicht schiefen Mittelscheitel, der die zwei rührenden Zöpfe trennte.

Abgesehen vom Personal – dem Oberkellner, dem Mann an der Bar und dem DJ, der sein Equipment aufbaute – waren Max und ich die einzigen Menschen im Raum. Wir hatten noch etwas Zeit, herumzugehen und den Laden zu inspizieren, wie Max es nannte. Die Tische waren rechteckig und mit schweren weißen Tüchern aus Leinen bedeckt, die Teller aus Porzellan mit Goldrand, die Gläser aus Kristallglas. Auf den beiden Tischen ganz vorn standen Kärtchen, für alle anderen war offenbar keine Sitzordnung vorgesehen. Ich würde dort leider nicht sitzen können. Max und ich waren zusammen mit Kenneths Eltern, den beiden noch lebenden Großmüttern, dem Reverend und Mrs Gregory für Tisch zwei eingeteilt. An Tisch eins würden das Brautpaar, die Helfer und Helferinnen sowie – aber das war nur eine Vermutung – deren Partnerinnen und Partner sitzen. Ich war gespannt, ob Elizabeth jemanden an ihrer Seite hatte; die Tischkärtchen verrieten nichts.

Nach unserem Rundgang kehrten wir in den Bereich vor dem Aufzug zurück, wo die Gäste sich nach und nach einfanden. Ein Mann in einem sportlichen Anzug in Himmelblau stellte sich einer Frau mit langem weißem Haar vor, ein uraltes Paar unterhielt sich mit einem anderen uralten Paar, und Spofford Talbot versuchte irgendwas mit seiner Kamera anzustellen. »Hast du schon ein paar gute Fotos gemacht, Spofford?«, fragte ich, denn er war wenigstens einer, dessen Namen ich kannte. Doch das erschütterte ihn so sehr, dass er nur »Äh …« sagte und zu antworten vergaß. Ich erbarmte mich und ging weg.

»Sieht ganz danach aus, dass ich zu dir an den Seniorentisch komme«, sagte jemand hinter mir, und ich drehte mich um. Es war Jared. Er hielt zwei Tischkärtchen wie Gewinnlose in die Höhe.

»Für Tisch eins gilt eine Altersgrenze?«, fragte ich.

»Nein, aber der Bräutigam weigert sich, mit seiner Schwester am selben Tisch zu sitzen«, antwortete Jared. »Wie man sieht, pausiert die Rivalität unter Geschwistern nicht einmal an einem Hochzeitstag.«

Das war interessant. »Und in diese Rivalität bezieht er *dich* mit ein?«

»Nicht ausdrücklich«, antwortete Jared. »Aber da ich der Best Man bin, sollte ich wohl am selben Tisch sitzen wie die Maid of Honor!« Schon hatte er sich mit seinen Kärtchen auf den Weg zu Tisch zwei gemacht.

Ich hielt Ausschau nach Max, um ihn über die neueste Entwicklung zu informieren, doch er unterhielt sich inzwischen angeregt mit dem Fotografen. Offenbar war ihm bei Spofford mehr Erfolg beschieden als mir.

Die ganze Zeit war im Hintergrund Musik zu hören gewesen; vor allem Oldies, Joni Mitchell, Judy Collins und Ähnliches. Als die Musik plötzlich abbrach, wussten die Leute instinktiv, dass sie sich zum Aufzug wenden sollten, dem nun Debbie und Kenneth Hand in Hand entstiegen. Dann ertönte Anne Murray mit *Could I Have This Dance?*, und Kenneth nahm Debbie in die Arme und wirbelte sie herum. Sie blickten ernst, fast finster drein, denn sie hatten es beide nicht so mit dem Tanzen. Aber sie gaben sich Mühe, wurden nach und nach lockerer, und Debbie lehnte sich sogar ein bisschen zurück und lächelte Kenneth an.

Could I have this dance for the rest of my life? – Darf ich mein Leben lang mit dir tanzen? Was für eine umwälzende Frage, wenn man darüber nachdachte. Es war mir schleierhaft, wie auch nur ein einziger Mensch je den Mut aufgebracht hatte zu heiraten.

Doch mit diesen Gedanken war ich offenbar allein. Die Gäste bildeten einen Kreis um Debbie und Kenneth, und als der Song zu Ende war, wurde geklatscht. Nach einer winzigen Pause erklang *Lean on Me*, und Debbie drehte sich um, ging zu Max und reichte ihm die Hand. Der arme Max war ein miserabler Tänzer, aber er schluckte schwer, straffte die Schultern und legte tapfer die Hand an Debbies Hüfte.

Ich vermutete, dass Debbie den Song ausgesucht hatte. Ja, ganz bestimmt. Und er passte genau. (Die beiden hatten sich schon immer sehr nahegestanden. Man musste nur sehen, wie sie zu ihm aufblickte, dann war alles klar.) Nach ein paar Takten kam Kenneth mit seiner Mutter dazu, und ich geriet bei der Vorstellung, gleich mit seinem Vater tanzen zu müssen, einen Moment lang in Panik. Doch als der Song ausklang, wandte sich Debbie von Max ab und rief: »Los jetzt, Leute!«, und der nächste Song setzte ein – *Today* von den New Christy Minstrels. Kenneth holte sich Debbie zurück, und zehn, zwölf weitere junge Paare gesellten sich zu den beiden. (Seiner Miene nach zu schließen war Kenneths Vater genauso erleichtert wie ich.) Als Max zurückkam und sich neben mich stellte, sagte ich: »Besorgen wir uns etwas zu trinken?«, und er sagte wie ein Verdurstender in der Wüste: »Ja.«

Weil sich an der Bar bereits weitere Tanzmuffel drängten, wartete ich mit Mom und meiner Cousine, während Max in der Schlange stand. Cheryl wollte wissen, wie sich Debbie und Kenneth kennengelernt hatten. »Sie haben zusammen Jura studiert«, erzählte ich ihr. »War aber keine Liebe auf den ersten Blick oder so. Eher eine Freundschaft, die immer inniger wurde – zumindest bei Debbie.«

»Bei Kenneth dagegen …«, sagte Cheryl leicht grinsend.

»Das weiß ich nicht«, sagte ich.

»Bei *ihm* war es natürlich Liebe auf den ersten Blick!«, warf meine Mutter ein. »Unsere Debbie? Unsere wundervolle Debbie? Wie hätte er ihr widerstehen können? Als sie getanzt haben, sah man es ihm am Gesicht an, wie vernarrt er in sie ist.«

»Das war die Konzentration«, wandte ich ein.

»Was war das?«

»Die Konzentration auf die richtigen Schritte.«

»Also wirklich, Gail!« Meine Mutter stöhnte abschätzig auf und sagte zu Cheryl: »Gail hat keinen Funken Romantik in sich. Sie ist nicht einmal imstande zuzugeben, dass ein junger Mann sein Herz an ihre eigene entzückende Tochter verlieren kann!«

»Tja, was soll ich sagen«, sagte ich zu meiner Mutter.

Denn zu den frustrierenden Dingen des Lebens gehört, dass es manchmal am besten ist, nichts zu sagen.

Als zum Essen gebeten wurde, erkannte ich an den Kärtchen auf unserem Tisch, dass Jared für sich einen Platz links von mir organisiert hatte und für Elizabeth einen rechts von ihrem Vater. Die beiden neuen Gedecke hatte sichtlich ein Dilettant aufgelegt, denn das Besteck lag etwas schief, und die Brotteller waren auf die falsche Seite geraten. Noch während ich mir das alles ansah, stellte sich Jared neben mich und zog den Stuhl für mich unter dem Tisch hervor. »Ich dachte, ein bisschen zusätzliche Gesellschaft könnte dir gefallen«, sagte er mit einem gewissen Unterton, als ich saß. »Neben einem Ex-Ehemann platziert zu sein, dem man sich völlig entfremdet hat, ist ja nun wirklich nicht schön!«

»Also –«

Max und ich sind einander eigentlich gar nicht entfremdet, hätte ich am liebsten gesagt. Nicht nach so langer Zeit. Doch ich hielt mich zurück. Es hatte ja doch keinen Sinn, darüber zu diskutieren. Außerdem hatte Max gerade rechts von mir Platz genommen und machte mich mit der Frau des Pfarrers bekannt, die an seiner anderen Seite saß. »Guten Abend«, sagte sie zu mir. »Ich bin Marie-Louise.« Sie sprach mit starkem Akzent und in dem Verkündigungstonfall, den manche Ausländer haben. Aber sie war extrem attraktiv – eine stilbewusste Frau Ende vierzig mit dunklem Haar, vorn viel länger als hinten.

»Sie müssen sicherlich an vielen solchen Events teilnehmen«, sagte Max.

»Nein«, antwortete sie trocken. »Aber die Baileys sind spezielle Freunde von uns und unterstützen unsere Kirche.«

Ich beschloss, ihr nicht zu sagen, dass das Wort »speziell« einen negativen Beigeschmack haben könnte.

Die Kellner ließen die leeren Teller verschwinden und stellten volle vor uns hin. Ich aß den Lachs, Max hatte sich für den Rinderbraten entschieden. (Ich sagte kein Wort.) Jared und Elizabeth verursachten kurzzeitig leichte Verwirrung, bis ihre Bestellungen an unseren Tisch umgelenkt waren – Rinderbraten für beide. Ich war gespannt auf Elizabeths Reaktion in Zusammenhang mit ihrer Verbannung vom Brauttisch, doch sie steckte die Sache offenbar mühelos weg. Sie verdrehte die Augen, nachdem ihre Mutter den Blumenschmuck in der Mitte des Tisches als »mickrig« bezeichnet hatte.

Jared beugte sich zu mir und fragte mich leise: »Sag mal, unterrichtest du eigentlich noch?«

Ich sah ihn an und antwortete: »Nein, kaum noch. Ich bin stellvertretende Direktorin an der Ashton School.«

»Aha.« Er musterte mich lange. »Und bist du glücklich in dem Leben, das du dir ausgesucht hast, Gail?«

»Ob ich …? Natürlich bin ich glücklich«, erwiderte ich. Dann wechselte ich das Thema. »Warum bist du eigentlich der Best Man von Kenneth? Ich kenne Väter, die Best Men ihrer Söhne waren, aber der Onkel …?«

»Kenneth hat schon immer den Kontakt zu mir gesucht«, antwortete Jared. »Ich bin im Sommer nach seinem Highschool-Abschluss mit ihm in Europa gewandert, und wir haben uns ausgezeichnet verstanden – wesentlich besser als er und sein Vater, muss ich sagen …«

Und dann legte er los – was für ein erfahrener Wanderer er sei, ganz im Gegensatz zu Kenneths Vater, den er eher als Couch-Potato bezeichnen würde; dass Kenneth trotz des Altersunterschieds kaum mit ihm habe mithalten können, als sie auf den Berg soundso –«

Bis Sophie die Karteikarte sinken ließ, die sie sich durchgelesen hatte, und ihn ansah. »Bitte konzentrier dich jetzt, Jared«, sagte sie. »Du bringst gleich einen Toast auf Debbie aus.«

»Ach?«, sagte er.

»Der Best Man hält eine Tischrede auf die Braut«, las sie von ihrer Karte ab. »Und zwar sofort, nachdem die Torte serviert worden ist. Dann stehst du auf und bringst den Trinkspruch aus.«

»Verstanden.«

»Ich kann dir ein paar Tipps geben, falls du nicht weißt, was du –«

»Nicht nötig, Sophie.«

»Danach bringt die Maid of Honor der Braut – also du, meine Liebe – einen Toast auf den Bräutigam aus«, sagte sie zu Elizabeth.

Obwohl Elizabeth gerade irgendein Transportproblem mit ihrer Großmutter besprach, reagierte sie augenblicklich. Sie sagte: »Nein«, ohne auch nur den Kopf zu bewegen, und fuhr an ihre Großmutter gewandt fort: »Ich kann Tante Bee auch mitnehmen, falls sie eine Mitfahrgelegenheit braucht.«

»Was soll das heißen, ›nein‹?«, fragte Sophie.

Nun drehte Elizabeth den Kopf doch zur Seite. »Warum sollte ich einen Trinkspruch auf jemanden ausbringen, der mich nicht an seinem Tisch haben will?«

»Aber er ist dein Bruder!«, erwiderte Sophie. »Der alberne Streit zwischen euch interessiert mich nicht!«

Max, ausgerechnet Max, wurde zum Retter in der Not, als er Sophie fragte: »Wer ist als Nächster dran?«

»Bitte?«

»Wer bringt den Trinkspruch nach der Maid of Honor aus?«

»Der Gastgeber«, sagte Sophie.

»Der Gastgeber?«

»Der Gastgeber der Hochzeitsfeier, also der Vater der Braut und/oder derjenige, der die Feier bezahlt«, las sie von der Karte ab.

»Dann springen wir einfach gleich zum Gastgeber weiter«, erklärte Max. »Also zu mir.«

Es hätte auch Rupert gemeint sein können, doch das verschwieg Sophie freundlicherweise. Sie warf Elizabeth einen bösen Blick zu und sagte: »Gut, machen wir es so.

Zuerst hältst du eine Tischrede auf das Brautpaar, Max, danach begrüßt du die Gäste.«

»Wird erledigt«, sagte Max und griff zur Gabel.

Sophie konnte sich einen letzten wütenden Blick zu ihrer Tochter nicht verkneifen, doch Elizabeth lauschte inzwischen aufmerksam dem Bericht ihrer Großmutter, die erzählte, wie sie ihren Oldsmobile schrottreif gefahren hatte. Zumindest *wirkte* Elizabeth aufmerksam – auch wenn sie dabei die Ohren in Richtung einer ganz anderen Unterhaltung zu spitzen schien. Mein Lachs war staubtrocken, was mich nicht überraschte. Das Rindfleisch dagegen sei ganz hervorragend, versicherten die anderen. Inzwischen unterhielten sich alle mit allen. Die Großmutter bedachte den ganzen Tisch mit ihrer Unfallerzählung, und Rupert trug einen Bericht über einen Zusammenstoß bei, den er einige Jahre zuvor gehabt hatte, wobei er erwartungsgemäß nicht die kleinste Einzelheit wegließ. »Um Weihnachten herum war das«, sagte er. »Das heißt, ich will nicht lügen – es war eher kurz vor Silvester. Das weiß ich noch ganz genau, weil …« Ausnahmsweise wurde ich überhaupt nicht ungeduldig. Ich war nur froh, dass niemand von mir erwartete, dass ich etwas zum allgemeinen Gequatsche beitrug.

Plötzlich sagte Jared dicht an meinem Ohr: »Dass du dich damals mit Max Baines eingelassen hast, hat mich echt überrascht, muss ich gestehen.«

Ich sah ihn an. Ich sagte: »Äh –«

»Üblicherweise informiert man seinen aktuellen Partner über so etwas, aber ich musste meine eigenen Schlüsse ziehen, als ich euch beide zusammen sah.«

»Na ja, er war ein Freund von mir.«

Jared beugte sich leicht zurück und sah mich so vielsagend an, als hätte ich ihn nur bestätigt.

Und wenn schon. Ich wandte mich wieder den anderen zu. Die Leute aßen jetzt ihren Salat, der Hauptgang war verspeist. Salat nach dem eigentlichen Gericht – für mich schon immer ein Brauch aus dem Ausland. Vielleicht hatte Marie-Louise ihre Finger im Spiel gehabt, wo doch die Baileys und sie so dicke Freunde waren.

Prompt ging es gleich darauf um ein interkulturelles Thema. Marie-Louise hatte ein zweites Brötchen verlangt und fragte scheinbar unvermittelt, ob das Wort »scharf« hierzulande salonfähig sei. Alle reagierten erstaunt.

»In meiner Kindheit«, sagte Marie-Louise, »durften wir Kleinen auf keinen Fall sagen, dass wir ›scharf‹ auf etwas waren.«

Kurze Zeit herrschte Stille. Dann fragte meine Mutter: »Wenn Sie … ›scharf‹ auf Essen waren?«

»In meiner Sprache«, fuhr Marie-Louise fort, »hat dieses Wort auch eine sexuelle Bedeutung.«

»Eine …?«, fragte Max.

»Ja. Und zwar im Zusammenhang mit dem steifen männlichen Glied.«

»Okay«, sagte Max. »Also, das müssen Sie uns erklären –«

»Oder wir beenden das Thema ganz einfach!«, rief Reverend Gregory fröhlich.

»Ja, beenden wir es«, sagte Marie-Louise hastig, und sofort widmeten sich alle intensiv ihrem Salat.

Nach dem Salat kam endlich die Torte. Siebenstöckig und mit einem Berg Zuckerrosen ganz oben, wurde sie von zwei hoch konzentrierten Kellnern auf einem Rollwagen hereingeschoben. Alle machten »Ooh!« und »Aah!«, und Sophie sagte streng: »Ihr habt doch hoffentlich noch Platz dafür!«

Max zischte mir zu: »Du bist doch hoffentlich sch–«

Ich verpasste ihm unter dem Tisch einen Tritt von der Seite. Dann setzten wir uns beide aufrechter hin und blickten geradeaus.

Die Trinksprüche sorgten zunächst für Verwirrung, und zwar schon allein wegen des Timings. Sophie hatte gesagt, dass die Toasts gleich nach dem Servieren der Torte ausgebracht werden sollten. Aber *wie* gleich danach? Noch ehe die Leute zur Kuchengabel gegriffen hatten? Doch woher sollten sie wissen, dass sie damit warten sollten? Sollte das Ganze demnach über die Bühne gehen, *während* die Gäste aßen? Nein, ausgeschlossen. Es konnte nicht sein, dass Kratzgeräusche von Gabeln auf Tellern und geräuschvolles Kauen die Tischreden übertönten. Zuerst musste die Torte gegessen werden, das erschien viel vernünftiger.

Sophie selbst erörterte nun diese Frage, wobei Rupert und ihre Schwiegermutter nicht mit Ideen sparten; doch dann wies Jared auf das Problem mit den kratzenden Gabeln hin, und damit war alles klar. Wir legten los, jeder stürzte sich auf sein Tortenstück. (An einigen Tischen hatten die Leute die Sache bereits in Angriff genommen.) Es handelte sich um eine Zitronentorte mit geriebener Schale im Zuckerguss – besser als die meisten Hochzeitstorten. Die Kellner reichten Kaffee und Tee, wir aßen Torte und begannen uns zu entspannen und nickten widerstandslos, als Rupert sich der Beschreibung der Torte bei seiner Hochzeit mit Sophie hingab. Die beiden hatten dem Brauch folgend ein Stück davon aus der Hand des jeweils anderen gekostet, allerdings ohne es sich verrückterweise auch noch gegenseitig ins Gesicht zu drücken … Nun sagte Sophie in strengem Ton: »Jetzt dein Toast bitte, Jared.« Und Jared sagte: »Jawohl, Ma'am«, schob seinen Stuhl nach hinten, stand auf und brachte sein Sektglas mit einem Messer zum Klirren. An einem Tisch nach dem anderen verstummten die Gäste, und Jared drehte sich dorthin, wo Kenneth und Debbie saßen und erwartungsvoll zu ihm blickten. »Ich bringe einen Toast auf unsere wunderschöne Braut Deborah aus«, rief er. »Keine andere Frau könnte Kenneth dazu bewegen, auf seinen Pokerabend zu verzichten, um sich eine Vorlesung über die Rechtsansprüche von Immigranten ohne Papiere anzuhören.«

Da und dort wurde gelacht. Debbie sah Jared lächelnd an und formte mit den Lippen ein lautloses »Danke«. Dann begrüßte Jared sie in der Familie und bemerkte boshaft, dass sie nun lernen müsse, mit Ruperts lahmen Witzen zu leben. Schließlich erhob er sein Glas, trank einen Schluck und nahm wieder Platz. Ich spürte, dass sich Max, der neben mir saß, auf seinen Toast vorbereitete, doch bevor er aufstehen konnte, schrammten an der anderen Seite unseres Tisches plötzlich vier Stuhlbeine über den Boden, und statt Max stand Elizabeth auf und hielt ihr Glas in die Höhe. »Und *ich* trinke auf den Bräutigam«, sagte sie. »Auf dich, Kenneth, mein lieber Bruder – meistens zumindest.« Es wurde noch mehr gelacht, aber nur an den anderen Tischen. (Die Leute an unserem Tisch waren sich möglicher Fallstricke stärker bewusst.) »Wir hatten schöne Zeiten miteinander«, sagte Elizabeth zu Kenneth, »und ein paarmal hast du mir echt den Arsch gerettet, und ich wünsche dir noch viele weitere schöne Zeiten mit deiner geliebten Debbie.« Sie neigte ihr Glas dem Paar entgegen und trank von ihrem Champagner.

Kenneth sagte: »Danke, Schwesterherz«, und fügte »ganz ehrlich: danke!« hinzu, und ich glaube, es war keine Einbildung, als mir sein Blick leicht verschleiert erschien.

Einige an unserem Tisch, die im Bilde waren – Elizabeths Vater, ihre Großmutter und Jared –, flüsterten anerkennende Worte, als Elizabeth wieder saß, und Sophie sagte: »Das war sehr lieb von dir«, und schenkte ihr ein dankbares Lächeln.

Danach entstand eine kurze Pause, bis Sophie »Max?« sagte, und Max erwiderte: »Mhm?«

»Dein Toast?«

»Ach so.«

Diesmal schaffte er es aufzustehen. »Debbies Mutter und ich möchten euch begrüßen«, sagte er zu den Gästen. »Wir freuen uns, dass ihr mit uns feiert, und sind besonders den Baileys dankbar, die den Raum hier gemietet haben.« (Ich war froh, dass er daran gedacht hatte, das zu erwähnen.) »Aber das Allerwichtigste ist: Ich hoffe, dass ihr euch alle anschließt, wenn wir Kenneth und Debbie eine ganz wunderbare Ehe wünschen.«

Alle äußerten murmelnd ihr Einverständnis.

An dieser Stelle sollten die Trinksprüche laut Sophies Karte abgehakt sein, was aber viele Gäste nicht wussten, weshalb sich mehrere erhoben und spontan eigene Toasts ausbrachten. Manche kamen dabei anderen, die zufällig im selben Augenblick aufstanden, unabsichtlich zuvor. Bitsy Taylor verkündete, dass sie schon am Abend der ersten Begegnung von Kenneth und Debbie gewusst habe, dass die beiden füreinander bestimmt seien. Dave, der Freund von Kenneth, teilte uns mit, dass der alte Hochzeits-Warnspruch »Anderer Name, gleiche Letter – such dir besser einen Retter« auf Deborah Baines Bailey keinesfalls zutreffe. (Da Debbie ihren Mädchennamen behalten würde, spielten die gleichen Anfangsbuchstaben keine Rolle.) Sogar Spofford Talbot ergriff das Wort. Er hatte sich ganz nach hinten zurückgezogen und rief, seine Kamera vor der Brust umklammernd, mit einer erstaunlich tiefen Stimme: »Danke an alle fürs Posieren.« (»Wer war *das*?«, fragten einige untereinander.)

Sophie konsultierte ein letztes Mal ihre Karte und sagte: »Jetzt wird der Brautstrauß geworfen!« Augenblicklich erschallte Cyndi Lauper mit *Girls Just Want to Have Fun*, und eine ganze Reihe junger Frauen – nicht nur Brautjungfern, sondern auch welche von anderen Tischen – stellte sich in der Mitte des Raums rings um Debbie auf. Ich hatte vergessen, dass auch die Gäste aus dem erweiterten Familien- und Freundeskreis mitmachen durften. Den Strauß erwischte eine elfenzarte Rothaarige, die einfach die Arme streckte und ihn sich lässig schnappte. Ehrlich gesagt fehlte mir bei dem Ganzen eine gewisse Dringlichkeit. »In *meiner* Jugend«, sagte meine Mutter, »haben sich die Mädchen um den Brautstrauß *gerissen*!«

»Tja, das war eben früher«, erwiderte Sophie seufzend.

Ich spürte, dass das gesamte Ereignis ihren Vorstellungen von einer richtigen Hochzeit nicht annähernd entsprochen hatte.

Dabei hatten Rupert und sie wesentlich mehr getan, als man von ihnen hätte erwarten dürfen, das war mir sehr bewusst. Max und ich waren kaum mehr als Randfiguren gewesen. Deshalb ging ich später auf dem Weg zum Ausgang zu ihr und sagte: »Danke, Sophie. Ich hätte keine Ahnung gehabt, wie man so etwas aufzieht.«

»Nichts zu danken, meine Liebe!«, erwiderte Sophie. Es schien sie zu überraschen, dass ich die Höflichkeit besaß, etwas in dieser Art zu ihr zu sagen. »Ich finde, es ist gut gelaufen. Und wenn ich es mir recht überlege, verstehe ich, warum sie auf der Torte nur Rosen haben wollten und kein kleines Brautpaar. Ein Brautpüppchen in weißem Satin hätte überhaupt nicht zu Debbies Kleid gepasst!«

Wenn mir jemand seine Gedanken mitteilt, habe ich manchmal ehrlich gesagt das Gefühl, dass jeder Mensch auf seinem eigenen Planeten lebt.

Jared zum Beispiel (apropos eigener Planet). Während der erste Schub Gäste, die gehen wollten, auf den Aufzug wartete – darunter Max, meine Mutter und ich –, kam Jared zu mir und sagte: »Also, Gail – darf ich dich anrufen?«

»Anrufen? Weshalb?«, fragte ich.

»Ich dachte, wir könnten mal ausgehen. Zusammen zu Abend essen …«

»Ich weiß nicht«, erwiderte ich. »Ich bin nicht besonders gesellig.«

»Verstehe.«

»Tut mir leid.«

»Schon gut.« Er wandte sich abrupt an eine ältere Frau, die wenige Schritte von ihm entfernt stand. »Millie Decker!«, rief er mit dröhnender Stimme. »Lange nicht gesehen!« In diesem Moment öffnete sich die Aufzugtür, und ich trat gefolgt von Max und Mom in die Kabine. Jared aber blieb draußen, obwohl noch reichlich Platz war. »Hab ich's dir nicht gesagt?«, flüsterte mir meine Mutter zu.

Ich tat so, als hätte ich nichts gehört. Und ich vermied es tunlichst, Max' Blick zu begegnen. »Wir sehen Debbie aber schon noch, oder?«, sagte ich.

»Im Leben, meinst du?«, fragte meine Mutter.

»Nein, Mom. Heute Abend. Sehen wir sie unten noch mal?«

»Das glaube ich nicht«, erwiderte Max. »Meinem Eindruck nach war sie noch mit ein paar Mädchen von der Straußwurfabteilung zugange.«

»Mist! Ich wollte mich von ihr verabschieden«, sagte ich.

»Ruf sie morgen an. Sie fliegen ja erst am Nachmittag.«

»Ich kann sie unmöglich am Tag nach ihrer Hochzeit anrufen!«

»Warum nicht?«

»Das wäre übergriffig.«

Der Aufzug landete so sanft, dass ich den Blick zur Stockwerkanzeige heben musste, um nachzusehen, ob wir das Ziel wirklich erreicht hatten. »Wohin fliegen sie?«, fragte meine Mutter im Hinausgehen.

»Nach Bermuda. Der Flug geht um vierzehn Uhr, glaube ich.«

»Sie hat recht«, sagte Mom zu Max. »Auch wenn sie morgen noch in der Stadt sind, sollte man sie nicht stören.«

»Wie ihr meint«, erwiderte Max schulterzuckend.

Die Leute, die mit uns im Aufzug gefahren waren, verteilten sich in der schummrigen Tiefgarage. Ich hatte keine Ahnung, wo das Auto stand; meinem Gefühl nach waren Tage vergangen, seit wir es abgestellt hatten. Doch Max eilte zielsicher darauf zu, und Mom und ich gingen hinter ihm her.

Im Wagen sagte ich zu Max: »Ich dachte, wir würden den Club alle zusammen verlassen, und dann würde ich ihr Auf Wiedersehen sagen.«

»Das dachte ich auch.« Er fuhr im Schneckentempo hinter einer Reihe Heckleuchten Richtung Ausfahrt und zog den Parkschein über der Sonnenblende heraus. »Und natürlich Kenneth …«

»Kenneth?«

»Ja, ich wollte ihm sagen …« Er ließ sein Fenster runter und schob den Parkschein in einen Schlitz. »Ich wollte ihm sagen, dass er gut auf unsere Tochter aufpassen soll oder so.« Er schwieg eine Weile. Dann sagte er: »Weißt du noch nach *unserer* Hochzeit?«

»Wir hatten keine –«

»Weißt du noch, wie wir zu deinen Eltern gefahren sind, um es ihnen zu sagen? *Du* erinnerst dich garantiert, Joyce. Und dein Dad nahm mich zur Seite und sagte, dass ich einfach zu ihm kommen sollte, wenn du etwas total Komisches machen würdest, er würde es mir dann erklären.«

Hinten auf der Rückbank ätzte meine Mutter: »Ich hätte zu gern gehört, was er dir gesagt hätte, Max.«

Ich dagegen wusste es sofort. »Er hätte gesagt: ›Sie war schon immer schwierig.‹«

Max lachte. Meine Mutter schwieg. »Ach«, sagte sie nach einer Weile, »er hätte seiner Enkeltochter gern beim Heiraten zugesehen!«

Danach sagte keiner mehr etwas.

Wir fuhren aus der Parkgarage hinaus ins Dämmerlicht. Die Straßen hatten einen grauen Schimmer, obwohl es nicht regnete. Andere Autos überholten uns leise zischend, darunter eine lange, schnittige Limousine in Metallic Silber. Ich glaubte Reverend Gregory und seine Frau darin sitzen zu sehen, aber ich war mir nicht sicher.

Als wir vor Moms Wohnhaus stehen blieben, sagte sie: »Danke fürs Mitnehmen, Max.«

»Aber bitte«, erwiderte er.

Dann wandte sie sich zu mir und sagte: »Und du fängst jetzt nicht an, Trübsal zu blasen, hörst du?«

»Nein, alles gut«, versicherte ich.

»Das war eine wunderschöne Hochzeit. Du kannst sehr stolz auf sie sein.«

»Ich *bin* stolz.«

Vor allem aber war ich platt. Kaum waren wir allein, sackte ich auf meinem Sitz zusammen, und Max ging es wahrscheinlich nicht anders. Jedenfalls sprachen wir während der restlichen Fahrt kein einziges Wort.

Die Katze stand gleich hinter der Haustür und wartete wie ein Elternteil kurz vor der vereinbarten Uhrzeit. Kaum waren wir drinnen, miaute sie ärgerlich, drehte sich um und stolzierte in die Küche. Wir sollten glauben, dass es ihr nur um ihr Futter ging, aber ich wusste es besser. »Mir machst du nichts vor«, sagte ich. »Du hast uns vermisst!«

Trotzdem folgte ich ihr, und tatsächlich lag noch Trockenfutter in der Schale. Doch weil ich schon mal in der Küche war, rief ich: »Max? Willst du ein Bier?«

»Genau das könnte ich jetzt gebrauchen«, rief er zurück.

Ich nahm ein Bier für ihn mit und für mich ein Glas Wein. Ich hatte gegrummelt, als ich erfuhr, dass er bei mir übernachten würde, doch jetzt war ich froh, dass ich jemanden hatte, mit dem ich die Hochzeit durchgehen konnte. Ich setzte mich auf die Couch und kickte mir die Schuhe von den Füßen. Max hatte die Anzugjacke schon abgelegt, sich in den verstellbaren Sessel gesetzt und ihn so weit nach hinten gekippt wie nur möglich. Er trank einen großen Schluck Bier und sagte: »Ach ja.«

»Wir haben es überstanden«, sagte ich.

»Sieht ganz danach aus.«

Wir lauschten dem Rasseln des Trockenfutters, das aus der Küche drang.

»Wie oft ich Sophie in den nächsten Jahren wohl sehen muss …«, sagte ich.

»Also, *so* schlimm ist sie auch wieder nicht.«

»Du hast leicht reden. Du bist drüben hinter der Chesapeake Bay.«

»Dafür hast du den matrilinealen Vorteil.«

»Den was?«

»Den Begriff habe ich heute Morgen im Radio gehört. Die Mutter der Ehefrau wird an Feiertagen häufiger besucht und sieht ihre Enkel insgesamt häufiger als die Mutter des Ehemanns.«

»Kenneth wird von Debbie erwarten, dass sie die Feiertage mit *seiner* Familie verbringt, hast du mir gesagt.«

»Da hatte ich noch nicht WYPR gehört.«

»Ach so.« Ich trank einen Schluck Wein. »Und warst du nicht genauso erstaunt wie ich, dass Sophie nicht mit der Wimper gezuckt hat, als in Elizabeths Toast das Wort ›Arsch‹ vorkam?«

»Na ja, sie lebt in der Gegenwart«, erwiderte Max. »Sie wird es nicht zum ersten Mal gehört haben.« Er grinste. »Und deine Mutter hat es auch gut weggesteckt.«

»Mom lebt eben auch in der Gegenwart. Obwohl man ihr das nicht immer anmerkt.«

Ich legte den Kopf an die Rückenlehne der Couch. »Dass dieser Toast überhaupt zustande kam, war im Grunde ein Schock«, sagte ich. »Dass Elizbeth ihn dann doch ausgebracht hat, meine ich.«

»Ach, sie sind nun mal eine Familie«, erwiderte Max. »Familien verkraften so was.«

»Nicht immer.«

Die Katze trottete aus der Küche herein. Ich hörte ihre Schritte, noch bevor sie auf die Couch sprang und sich neben mir niederließ.

»Eine Zeit lang dachte ich«, sagte ich zur Zimmerdecke, »dass der Bräutigam und die Maid of Honor während der ganzen Hochzeit kein einziges Wort wechseln würden.«

»Wäre wohl nicht das erste Mal gewesen.«

»Und hattest du auch den Eindruck, dass Kenneth zum Schluss feuchte Augen bekam?«

»Ja, ich dachte dasselbe.«

»Was überhaupt nicht heißt, dass er es nicht getan hat!«

Es krachte. Ich hob den Kopf. Max hatte den Liegesessel wieder nach oben geklappt. »Hör endlich auf damit, Gail!«, sagte er.

»Was?«

»Natürlich hat er es getan.«

Ich starrte ihn an.

»Du musst zwischen den Zeilen lesen. Er hat es getan, und Debbie hat ihm verziehen, und jetzt ist die Sache gegessen.«

»Du denkst also auch, dass seine Geschichte von der Lebensmittelvergiftung …«

»Die hat er erfunden, und Debbie hat beschlossen sie zu glauben. Oder sie hat sie *nicht* geglaubt, er ist eingeknickt und hat gestanden, und sie hat ihm verziehen. Oder – und ich hoffe sehr, dass es so war – er hat sofort gestanden, sie hat ihm sofort verziehen, und dann haben die beiden die Geschichte gemeinsam erfunden und gute Miene zum bösen Spiel gemacht. Aber ganz gleich, wie es wirklich war – es geht uns nichts an.«

»Bei dir klingt es so einfach«, sagte ich.

»Es *ist* so einfach. Und eines weiß ich genau: Sie bereut, dass sie es uns erzählt hat, und hofft, dass wir es nie wieder zur Sprache bringen.«

Ich dachte nach.

»Dann bin ich offenbar die Einzige, die Kenneth noch für die Sache verantwortlich macht«, sagte ich nach einer Weile.

»Genau. Wenn das nicht ironisch ist.«

»Ironisch? Wieso?«

Plötzlich wurde er sehr geschäftig. Er stand auf, trank noch rasch einen Schluck Bier, sagte: »So, ich lege mich dann mal schlafen«, und trug die Dose in die Küche. Als er zurückkam, sagte er: »Gute Nacht«, und ging sofort nach oben.

»Gute Nacht«, sagte ich.

Ironisch?

Wahrscheinlich weil ich Kenneth nicht verziehen hatte, obwohl ihm Debbie verziehen hatte. Noch wahrscheinlicher aber, weil *ausgerechnet* ich ihm nicht verziehen hatte.

Obwohl ich überhaupt nicht müde war, stand ich auf und goss den restlichen Wein aus meinem Glas in die Spüle. Dann knipste ich unten die Lampen aus und ging ins Bett.

III

Der Tag danach

Früh am Sonntagmorgen, so früh, dass es draußen noch nicht ganz hell war, wachte ich auf, aber nicht nach und nach, sondern mit einem Schlag. *Zack!* Eine kühle, feuchte Katzennase befühlte zart mein linkes Ohr.

Ach ja.

Die Katze.

Ich drehte mich auf den Rücken, und die Katze begann zu schnurren und machte es sich an ihrem Lieblingsplätzchen neben meinem Brustkorb bequem.

Es ist vorbei, dachte ich. Debbies Hochzeit ist vorbei, Gott sei Dank. Und alles hat geklappt.

Wahrscheinlich schlief sie noch an diesem ersten Tag ihrer Ehe. Ich empfand kein bisschen Neid. Welcher Mensch bei klarem Verstand wäre gern noch einmal frisch verheiratet? Sie würden sich an so vieles anpassen müssen, beide, Debbie *und* Kenneth. Ich war nur froh, das alles hinter mir zu haben.

Vor langer Zeit hatte Debbie sich geschworen, nie zu heiraten. In der fünften Klasse war das gewesen. Nie im Leben, hatte sie gesagt. Sie wäre verrückt, wenn sie heiraten würde. Ich wusste schon damals, dass das allein meine

Schuld war. Ich hatte mich in jenem Jahr in einen anderen Mann verliebt und unsere Familie für immer auseinandergerissen.

Er hieß Andrew Mason. Er war Berater für den Übertritt aufs College an der Millwood High, wo ich Algebra unterrichtete und Mathe-Nachholkurse gab. Ein durchschnittlich großer, durchschnittlich schlanker Mann Ende vierzig. Kurzes braunes Haar, hellgraue Augen und einen Mund, der leicht verzogen war, was dazu führte, dass sein Lächeln auf eine sehr attraktive Art ein bisschen verhalten, ja widerwillig wirkte. Er kam stets im Anzug in die Schule, aber er trug ihn lässig, so als wollte er nur den Erfordernissen genügen, und er band sich nie eine Krawatte um, und der oberste Hemdknopf blieb offen.

Ich begegnete ihm an seinem ersten Tag in der Millwood High, zu Beginn des Schuljahres 2000/2001. Er sollte June Cannon ersetzen, die im Frühjahr zuvor im Alter von (meiner Schätzung nach) hundertfünf Jahren in den Ruhestand gegangen war. Und auf dem Rückweg von Bert's Beans, wo ich mir den To-go-Kaffee gekauft hatte, mit dem ich den Tag gern begann, bremste er in einem kleinen beigen Käfer neben mir ab, ließ das Fenster herunter und fragte: »Entschuldigung, kennen Sie sich hier aus?«

»Ja«, sagte ich.

»Wissen Sie zufällig, ob die Millford High einen Erwachsenenparkplatz hat?«

»Einen Erwachsenenparkplatz?«

»Der Parkplatz hinter der Schule ist offenbar nur für Schüler, und ich finde den für die Erwachsenen nicht.«

»Ach so. Da haben sich die Schüler wohl wieder am Schild zu schaffen gemacht. Eigentlich steht ›*Kein* Parkplatz für Schüler‹ darauf, aber sie übermalen immer das ›Kein‹. Sie können sich dort gern hinstellen.«

»Danke.«

Und unsere Wege trennten sich wieder.

Weil ich schon vermutet hatte, dass er der neue College-Berater war, war ich nicht überrascht, als ich ihn am Nachmittag in der Eingangshalle sah, wo er einen Aushang am Schwarzen Brett anbrachte. »Hi!«, sagte er, und ich sagte ebenfalls: »Hi!«, und winkte ihm zu.

Wie ich später im Vorbeigehen erspähte, standen auf dem Aushang die Zeiten, zu denen die Schüler ohne Termin mit ihm reden konnten. Für mich sprach daraus ein gewisser gesunder Menschenverstand. Im Büro von June Cannon hatte dem äußeren Anschein nach reines Chaos geherrscht.

Ich stieß erst nach einigen Tagen wieder auf ihn. Ich war in die Schulbibliothek gegangen, um das Regal mit den Neuerwerbungen durchzusehen, und er stand davor. Er drehte sich um, zog die Brauen hoch und sagte lächelnd: »Sie verfolgen mich offenbar.«

»Verständlich, dass Sie das denken«, erwiderte ich, »aber das muss meine Zwillingsschwester gewesen sein.«

Ich weiß nicht, warum ich das sagte. Das heißt, *ein* Grund fällt mir schon ein: Ich hatte zum ersten Mal sein Lächeln gesehen, dieses fast unwillige Lächeln, und wollte es strahlender machen. Was mir auch gelang. Es verwandelte sich in ein breites Grinsen. »Mein Irrtum«, sagte er.

Wir reckten einander das Kinn entgegen, wie um den Scherz damit als solchen anzuerkennen, und ich machte mich auf den Weg in mein Klassenzimmer.

Am folgenden Freitag ging er gegen Unterrichtsende zufällig an meinem Büro vorbei. Ich hatte ein winziges eigenes, von meinem Klassenzimmer räumlich getrenntes Büro – eigentlich nur ein Kabuff –, in dem ich mich mit meinen Nachholkurs-Schülern persönlich treffen konnte, und stellte gerade Unterlagen zusammen, die ich übers Wochenende durchsehen wollte, als er an meiner Tür stehen blieb. »Ich hätte mich längst vorstellen sollen«, sagte er. »Ich bin Andrew Mason.«

»Hi, Andrew. Ich bin Gail Baines.«

»Ja, ich weiß«, erwiderte er und machte einen Schritt hinein, um einen Blick in den Raum zu werfen, so dürftig er war. Hinter meinem Schreibtisch stand ein niedriges Regal mit Ordnern und gerahmten Fotos – Debbie im Planschbecken, Debbie und ich auf dem Spielplatz, Debbie, Max und ich am Hochzeitstag meiner Eltern. Andrew ging um den Schreibtisch herum, betrachtete die Bilder und sagte: »Ihre Zwillingsschwester ist nirgends zu sehen.«

»Doch, doch«, sagte ich und deutete auf das Spielplatz-Foto. »Das da ist *sie*.«

»Gar nicht wahr«, entgegnete er. »Das sind *Sie*. Das sehe ich an der kleinen weißen Narbe an Ihrem Kinn.«

Er meinte die fadendünne, einen guten Zentimeter kurze Narbe, die sich senkrecht über meinen Kieferknochen zog. (Ein Sturz beim Rollschuhlaufen in meiner Kindheit.) Es wunderte mich, dass er sie überhaupt bemerkt hatte, und ich sagte: »Die haben wir beide. Zuerst bekam ich meine, dann hat sie sich selbst eine Wunde zugefügt, damit wir weiterhin gleich aussehen.«

»Na so was«, erwiderte er in ironischem Ton. »Ein *Nachmacher*-Zwilling.« Er nahm das Spielplatz-Foto in die Hand und besah es sich ganz genau. »Sehr einfallslos von Ihrer Schwester.«

»Ich verrate nicht, wer auf den anderen Fotos wer ist«, sagte ich. Und das Komische war, dass ich, als ich die Bilder betrachtete, mit einem Mal wirklich den Eindruck hatte, zwei verschiedene Frauen zu sehen.

Erst jetzt fällt mir auf, dass es damals die ganze Zeit so gewesen war. Zwei völlig verschiedene Frauen: eine, die ihren Ehemann so sehr liebte wie immer, und eine andere, die gern den Finger ausgestreckt und Andrew Masons Lächeln an den Mundwinkeln ein winziges Stückchen nach oben geschoben hätte.

Ab diesem Punkt hätte die Sache so oder so verlaufen können. Andrew hätte ein guter Freund werden können, der hin und wieder mit Max und mir ins Konzert ging, so wie der Chemielehrer Morrie Gray. Aber irgendwie, ich weiß auch nicht … Zum einen sahen wir uns ganz ungeplant fast ausschließlich unter vier Augen. Andrew aß nie in der Cafeteria, wo die Lehrer in einem geschwätzigen Haufen an einem einzigen langen Tisch zusammenhockten, denn er hielt sich unter anderem die Mittagszeit für Schüler offen, die ohne Termin bei ihm vorbeischauen wollten. Und er kam auch nicht zu den Schulversammlungen freitagmorgens; sein Job verpflichtete ihn nicht dazu. Meistens begegneten wir uns auf dem Parkplatz oder im Hauptkorridor, verlangsamten unseren Schritt und schlenderten nebeneinander her, und ich fragte ihn, ob er sich eingewöhnt habe (sehr gut sogar, sagte er jedesmal), oder er schmückte unseren Mythos vom Zwilling mit einem weiteren Zusatz aus. Dann machte er es sich nach und nach zur Gewohnheit, bei mir im Büro vorbeizukommen und mich zu fragen, wie er mit unserem schwierigen Direktor umgehen oder in welches Lokal er seine Schwester ausführen solle, wenn sie zu Besuch komme. Wurde das Gespräch intensiver, setzte er sich manchmal sogar auf den Stuhl vor dem Schreibtisch.

Er war geschieden und kinderlos. Die Scheidung lag einige Jahre zurück; die Ehe hatte nur kurz gehalten, und es hatte darin, wie ich heraushörte, an Engagement gefehlt. Seine Ex-Frau lebte inzwischen mit ihrem neuen Mann und drei gemeinsamen Töchtern in Virginia. Er selbst habe sich nie Kinder gewünscht, sagte er; habe einfach den Drang danach nie verspürt. Er wohnte in einem kleinen Haus in Pimlico, und weil er oft von seinem Garten sprach – wie prächtig sich seine Sträucher im Herbst verfärbten und was er im nächsten Frühjahr pflanzen werde –, nahm ich an, dass er der Gärtner-Typ war. Was ich selbst überhaupt nicht war, und Max auch nicht.

Ich erwähnte ihn Max gegenüber, wenn auch nur flüchtig. Ich zitierte beispielsweise eine lustige Bemerkung von

Andrew, wechselte dann aber das Thema und berichtete vom neuen Basketballtrainer oder dem jüngsten Kleinkrieg unter den Englischlehrern.

Max hatte damals seine eigenen Probleme. Er drohte damit, in St. Theresa aufzuhören, weil die Religion dort seiner Meinung nach zu sehr im Vordergrund stand. »Das ist nun mal eine religiös ausgerichtete Schule«, sagte ich, doch er entgegnete: »Trotzdem haben sie sich nicht in meine Leseliste einzumischen.« Und so weiter und so fort. Was ich damit sagen will: Max war damals gedanklich nicht hundertprozentig präsent.

Aber ich weiß, dass das nichts entschuldigt.

Ich schüttete Andrew mein Herz aus: Mein Problem mit Max sei, dass er nichts ernst nehme. Dass Max *sich selbst* nicht ernst nehme. Dass er dazu neige, mitten in einem Vorhaben auszusteigen, als wäre sein Leben ein Experiment, dessen Ergebnis unwichtig sei.

»Ich glaube, die halbe Menschheit funktioniert so«, erwiderte Andrew. »Die Leute sehen, wohin sie geraten sind, und sagen: ›Huch, *hier* bin ich gelandet?‹, als hätten sie selbst gar nichts damit zu tun.«

»Stimmt«, sagte ich. »Die Leute … nehmen alles so hin.«

Andrew lächelte. »Sie sagen das, als ob es ein Defizit wäre.«

»Ist es auch, manchmal«, erwiderte ich.

Andrews Büro lag im Erdgeschoß. Meines auch, aber mein Klassenraum befand sich im ersten Stock. Wann immer ich hinunterging, um mit einem Schüler in meinem Büro zu sprechen, durchdrang mich dieses intensive

Bewusstsein, prickelte es in meinem Nacken, sobald ich an Andrews geschlossener Tür vorbeiging.

Wenn ich mir vorstellte, dass ich etwas mit ihm anfangen würde – was ich natürlich nie wirklich täte!, sagte ich mir. Niemals würde ich so etwas tun! –, geschah es immer in meinem Kabuff. Er schaute vorbei; wir unterhielten uns, und nach und nach wurden wir still. Ein Blick über den Schreibtisch hinweg würde genügen, und wir wüssten, was der andere dachte. Oder er holte mich auf dem Parkplatz ein und sagte: »Gail, wir müssen reden.« Dann packte er mich am Arm und zog mich zu meinem Auto. Oder ich drehte gerade den Schlüssel im Zündschloss, und plötzlich klopfte er ans Fahrerfenster.

In Wirklichkeit passierte es in meinem Klassenraum, in meinem großen, sonnenhellen offenen Klassenraum mit der großen Fensterfront und den Plätzen für zweiunddreißig Schüler. Eines Tages aß ich mein Mittagessen an meinem Pult, weil ich vor der folgenden Stunde noch einen Stapel Arbeiten korrigieren musste, und schob mir gerade einen Löffel Joghurt in den Mund, als ich zufällig den Blick hob und sah, dass er mich von der Tür aus beobachtete. Vielleicht hatte er schon eine Weile so dagestanden. Er sagte: »Wie lang soll das so weitergehen, Gail?«

Ich musste erst den Plastiklöffel verkehrt herum über die Zunge ziehen und schlucken, bevor ich antworten konnte. Es war mir peinlich. Schließlich sagte ich: »Das weiß ich auch nicht.«

Und was hätte ich sagen *sollen*? »Das kann ewig so weitergehen, Andrew. Wir können auch weiterhin alles unausgesprochen und in der Schwebe lassen, denn so ist es doch wunderschön, oder nicht?«

Doch das sagte ich nicht.

In meinem früheren Leben, vor meiner Heirat, hatten sich meine wenigen Liebesaffären einfach ergeben. Ein Typ und ich waren einander nahe und dann noch nähergekommen, und plötzlich landeten wir im Bett. So lief es jetzt natürlich nicht mehr. Jetzt mussten wir Termine vereinbaren.

Das heißt, *ich* musste Termine vereinbaren, Andrew weniger. Sein Leben war geordnet und überschaubar. Meines war vollgestopft. Andrew arbeitete von halb neun bis drei, fünf Tage die Woche. Ich arbeitete auch von halb neun bis drei, aber ich hatte zusätzlich Mann und Tochter, um die ich mich kümmern musste. Fahrgemeinschaften, Verabredungen zum Spielen, Kinderarzttermine … Für romantische Treffen blieb nicht viel Zeit. Wir mussten beim ersten Mal sogar drei Tage warten, bis wir endlich zusammenkamen. Mittwoch, Donnerstag, Freitag. Am Freitag würde Debbie bei einer Schulfreundin übernachten. Sie würde zum ersten Mal anderswo schlafen und fragte mich am Freitagmorgen immer wieder, ob ich sie auch bestimmt abholen würde, sollte sie Heimweh bekommen. »Ich kann dich anrufen, wenn ich es nicht mehr aushalte, stimmts?«, fragte sie. »Sogar mitten in der Nacht kann ich dich anrufen, und du kommst und holst mich!«

»Ja, natürlich«, erwiderte ich, denn um diese Zeit wäre ich längst wieder zu Hause. Ich musste schließlich das Abendessen für Max zubereiten. »Wenn es sein muss, komme ich im Pyjama.«

»Und wenn ich nach der Schule ins Auto von Pams Mom einsteige und es mir plötzlich anders überlege, kann ich auch anrufen, oder?«

»Klar«, antwortete ich etwas matter. »Dann wäre ich allerdings nicht so leicht zu erreichen. Du müsstest zu Pam nach Hause fahren, und ich würde dich später holen.«

Debbie wurde jeden Tag von Max in die Schule gefahren, weil sowohl ihr als auch sein Unterricht später begann als meiner. Noch als ich das Haus verließ, umklammerte sie mein Handgelenk und sagte: »Und du sagst auch nicht, dass ich versuchen soll, bei Pam zu bleiben, wenn ich nicht will, versprochen?«

»Das würde ich nie tun«, erwiderte ich. Und es war ehrlich gemeint.

Letztlich machte sie alles ganz toll. Wir beide hatten uns völlig umsonst gesorgt.

Der Plan sah vor, dass ich Andrew nach dem Unterricht in meinem Wagen zu seinem Haus folgen würde. Ich fuhr an der Pferderennbahn in Pimlico vorbei und dann weiter nach Norden, durch mehrere ruhige Straßen, bis wir ein weißes Häuschen erreichten, von dessen Dach und sämtlichen Fensterbrettern gelbliche Flecken nach unten verliefen. Der Garten war allerdings tipptopp gepflegt. Gras, das einem makellosen Teppich aus grünem Samt glich, auf den Eingangsstufen der Größe nach angeordnete Blumentöpfe und vor dem Haus ein japanischer Zwergahorn mit magentarot leuchtendem Laub. Als ich aus dem Wagen stieg, sagte ich: »Das hast alles *du* gemacht?« Und natürlich musste er mir dann den Garten zeigen. Er führte mich nach hinten zu seinem kleinen Gemüsebeet, in dem sogar noch so spät im Herbst reichlich Kürbisse und Zucchini wuchsen. »Ah ja«, sagte ich immer wieder und: »Meine Güte, wie *groß* die sind!«, doch insgeheim hatte ich Angst, ich könnte den falschen Slip tragen. Er war schwarz und mit Spitze besetzt – viel zu eindeutig, wie ich plötzlich fand. Ich hätte einen schlichten weißen anziehen sollen, so als hätte ich dem Ganzen keine Bedeutung beigemessen. (»Und das da ist Flieder, oder?«, fragte ich.) Eigentlich müssten wir ja nicht zwingend gleich bei dieser ersten Gelegenheit Sex miteinander haben, sagte ich mir. Eigentlich wollte ich sogar lieber nicht. Ich würde ihn hinhalten. Ich würde sagen, dass ich noch nicht so weit sei, und ein weiteres Treffen am folgenden Dienstag vorschlagen, da hatte Debbie Nachmittagsturnen. Es bliebe uns dann zwar nicht so viel Zeit – sie müsste um fünf abgeholt werden –, aber machbar war es. Dann würde ich einen weißen Slip tragen; aber auf jeden Fall auch den besonders süßen BH, den mit den muschelförmigen Körbchen.

Wir gingen hinein. (Alles wie geleckt, wenn auch etwas spärlich möbliert. Die besten Stücke habe seine Ex-Frau mitgenommen, sagte er.) In der Küche blieb ich erst mal stehen und strich mit dem Zeigefinger über die Kochbücher, was sich aber als unnötig erwies, denn er bot mir Kaffee an. »Ja, sehr, sehr gern!«, sagte ich.

»Ist koffeinfreier in Ordnung?«, fragte er.

»Völlig in Ordnung.«

»Ich mache nachts kein Auge zu, wenn ich nach zehn Uhr vormittags richtigen Kaffee trinke«, sagte er, und ich erwiderte: »Zehn? Das ist früh! Ich trinke oft zum Mittagessen Kaffee, aber später würde ich es nicht riskieren.«

Keine Ahnung, warum ich so laut sprach.

Er goss Wasser in seine Kaffeemaschine und gab den koffeinfreien Kaffee mit einem Messlöffel hinein. Ich nahm in der Zwischenzeit die Zuckerdose aus einem Schrank und stellte sie auf den Tisch. Mein Plan war, den Kaffee in der Küche zu trinken. Küchen waren … senkrechter als Wohnzimmer.

Ich wollte Kaffeesahne aus dem Kühlschrank holen (ein gut bestückter Kühlschrank; offenbar kochte er selbst), fand aber keine und nahm stattdessen die Milch heraus. Er gehörte wohl zu den Leuten, die Sahne für ungesund halten. Ich goss die Milch in ein Sahnekännchen und stellte es neben die Zuckerdose. Andrew sah der Kaffeemaschine derweil beim Plätschern zu, wobei er sich so stark darauf konzentrierte, als würde das Ding nur mit seinem Blick funktionieren.

»Löffel?«, fragte ich, und er sah zum Tisch und rief: »Oh!« Ich dachte zuerst, dass er überrascht wäre, weil ich nicht im Wohnzimmer aufgedeckt hatte, doch dann sagte er: »Tut mir leid, dass du dir die Mühe gemacht hast, aber ich trinke meinen Kaffee immer schwarz.«

»*Ich* aber nicht«, erwiderte ich.

»Ach so, ja natürlich.«

»Wo sind die Löffel?«, fragte ich.

Er deutete auf eine Schublade.

»Und die Servietten?«

»Neben dem Toaster.«

Die Servietten waren aus weißem Leinen und lagen gestapelt in einer Schachtel aus Korbgeflecht. Aha, ein Gesprächsthema! »Ich bin beeindruckt«, sagte ich. »Ich muss zu meiner Schande gestehen, dass Max und ich nur Papierservietten benutzen.«

Ungeschickt, Max zu erwähnen. Aber eben Gewohnheit.

»Na ja, ich bügle gern«, sagte Andrew.

»Ich weiß, was du meinst. Ich liebe Bügeln!«

»Wirklich?«

»Beim Bügeln sieht man sofort, was man gemacht hat.«

»Genau. Zuerst ist alles zerknüllt und voller Falten –«

»Und dann plötzlich superglatt.«

»Und von Dampfbügeleisen halte ich gar nichts«, sagte er.

»Ich auch nicht. Die Wäsche muss gut angefeuchtet sein. Hast du einen eigenen Wäschesprenger?«

»Allerdings!«

Wir lächelten uns an. Auch als die Kaffeemaschine nicht mehr plätscherte, blieb er stehen und lächelte mich an. Deshalb musste schließlich *ich* hingehen, ihn umarmen, mich an ihn pressen und mein Gesicht zu seinem heben.

Ab da war er zuständig. Er löste sich von mir, nahm meine Hand und führte mich aus der Küche, durch die Diele und die Treppe hinauf.

Es war nicht leicht, im Alltag geeignete Orte zu finden. Gut, wir hatten mein kleines Büro und das größere von Andrew, aber die fühlten sich sogar bei geschlossener Tür öffentlich zugänglich an. Wir konnten darin nichts *machen*. Dann besser in der Mittagspause getrennt zu dem kleinen Hundepark in der Nähe fahren, den außer uns offenbar niemand kannte, und sich hastig gemeinsame zwanzig Minuten gönnen. Noch besser war es natürlich, Debbies Turntage oder Spieltreffs abzuwarten und zu Andrews Haus zu fahren. In mein Haus nahm ich ihn allerdings nie mit; das wäre mir falsch vorgekommen.

Ja, ich weiß: Falsch war es auch an jedem anderen Ort. Aber in dem Haus, in dem ich mit Max lebte, eben noch mehr.

Einmal sagte Andrew: »Gail? Hast du schon mal daran gedacht, das Ganze … in andere Bahnen zu lenken? Dich von Max irgendwann zu trennen?«

»Mich zu trennen?«

»Nicht jetzt sofort. Ich weiß, es muss der geeignete Zeitpunkt sein, wegen deiner Tochter.«

Als gäbe es jemals einen geeigneten Zeitpunkt, um einem Kind so etwas anzutun! Wir würden warten müssen, bis Debbie vierzig wäre.

Doch die Antwort auf seine Frage (eine Antwort, die ich nie aussprach) lautete Ja. Ja, ich dachte oft daran. Ich dachte daran, jeden Morgen mit ihm aufzuwachen, jeden Abend mit ihm einzuschlafen und mein Leben mit Andrews bedächtigem, wohlüberlegtem Alltag zu verflechten, in dem die Pflanztöpfe auf den Stufen absteigend kleiner wurden und alles nach einem Plan vonstattenging. Ich sehnte mich geradezu danach.

Wir waren genau sechsundneunzig Tage ein Paar. Von Mitte September bis kurz vor Weihnachten. Knapp vierzehn Wochen.

Am 19. Dezember, einem Dienstag, hatte Debbie Nachmittagsturnen. Ich war bei Andrew, und mein innerer Wecker war auf 16:45 Uhr gestellt, damit ich sie pünktlich um fünf von der Schule abholen konnte.

Gegen vier Uhr renkte sich Debbie beim Abgang vom Stufenbarren die Schulter aus. Die Schule rief bei mir zu Hause an, und als ich nicht dranging, versuchten sie es bei Max in St. Theresa. (Wir hatten damals beide kein Handy.) Max organisierte eine Vertretung für die Stillbeschäftigungsstunde, in der er Aufsicht hatte, holte Debbie ab und fuhr mit ihr in die Notaufnahme, wo ich dazukam, nachdem ich direkt von der Schule ins Krankenhaus gefahren war. Sie saßen noch im Warteraum, denn es war das Sinai Hospital, wo immer alles ewig dauerte. Ihre Zukunft als Turnerin machte Debbie größere Sorgen als ihre aktuellen Schmerzen, und Max hatte sich schon mehrmals etwas ausgekugelt und nahm das Ganze ziemlich gelassen. Ich war mit Abstand die Aufgeregteste. »Entschuldigt!«, rief ich, als ich auf die beiden zulief. »Bitte entschuldigt! Ich war – ich bin aufs Land gefahren und hatte keine Ahnung, was passiert ist!«

Idiotisch, absolut idiotisch. Wann war ich jemals ohne triftigen Grund allein aufs Land gefahren? Ich hätte sagen sollen, dass ich Besorgungen machen musste, das wäre viel glaubwürdiger gewesen. Doch Max war total vertrauensselig und sagte nur: »Das macht nichts. Sie haben sie schon kurz angeschaut. Der Arzt meinte, dass er sie wieder hinkriegt, und dann ist sie wie neu.«

Ich sank auf den Stuhl neben Debbie und umarmte sie ohne Berührung der Schulter. Ich war außer Atem und zittrig. »Wie geht es dir?«, fragte ich.

»Mir gehts gut, Mom.«

»Ich habe so ein schlechtes Gewissen«, sagte ich zu Max.

»Aber warum denn? Ist doch nicht schlimm, meine Süße!«

»Ja, ich weiß, ich weiß …«

Dann wurde Debbies Name gerufen, und wir drei standen auf und folgten einer Schwester in ein Untersuchungszimmer.

Als wir endlich wieder zu Hause waren – kurz vor acht und kurz vor dem Verhungern –, musste Debbie jede Freundin anrufen, die ihr einfiel, und die schaurigen Einzelheiten erzählen. Ich bereitete in der Zwischenzeit Tiefkühltacos zu, und Max machte einen Salat. Er hatte den Vorfall längst abgehakt und erzählte mir von der Protestkundgebung, die er mit einigen anderen Lehrern an seiner Schule plante. Und ich sagte: »Mhm, ja; ja klar machst du das …« Doch insgeheim war ich todtraurig. Ich fand es unfassbar, dass ich mit einem fast fremden Mann im Bett herumgetollt war, während mein Ehemann und mein Kind ohne mich in die Notaufnahme hatten fahren müssen.

Sofort nach dem Abendessen, während Max noch den Geschirrspüler einräumte, verschwand ich im Hobbyraum, wo der Computer stand, und schickte Andrew eine E-Mail. *Wir können uns nicht mehr sehen, es tut mir leid*, schrieb ich. Ich nannte nicht einmal den Grund, so sehr war ich darauf bedacht, die Sache hinter mich zu bringen. Dann schaltete ich den Computer schnell aus und kehrte rechtzeitig in die Küche zurück, um den Tisch abzuwischen und das Licht zu löschen.

In dieser Nacht lag ich stundenlang wach. Wir wohnten damals in Roland Park, aber nicht im schicken Teil, und ich hörte den Verkehr auf der Cold Spring Lane und das gelegentliche Gehupe der Loyola-University-Studenten, die von den Bars nach Hause fuhren. Max, der neben mir schlief, bewegte sich kaum. Vielleicht hatte ihn Debbies Unfall mehr Kraft gekostet, als er sich hatte anmerken lassen. Und aus Debbies Zimmer kam kein Mucks.

Ich fragte mich, ob Andrew meine E-Mail schon beantwortet hatte oder ob er warten würde, bis wir von Angesicht zu Angesicht darüber sprechen könnten. Vielleicht würden wir aber auch nie darüber sprechen. Vielleicht würde er meine Entscheidung still akzeptieren und sich mit Würde zurückziehen. Ich hoffte auf Letzteres.

Ich hätte aufstehen, hinuntergehen und im Computer nachsehen können, doch dieses Problem war im Augenblick eines zu viel für mich.

Ich schlief dann doch ein und erwachte viel später, als ich mir hätte erlauben dürfen. Max war schon auf; ich hörte Debbie und ihn in der Küche reden. Ich wusch mich und zog mich an, so schnell ich konnte, und blieb gerade lange genug in der Küche, um Debbie zu fragen, wie es ihrer Schulter ging (sie tue weh, antwortete sie), und Max ein Küsschen zu geben. Dann lief ich los und holte auf dem Weg nach draußen meine Jacke aus dem Garderobenschrank.

»Vergiss nicht, dass ich nachmittags eine Besprechung habe«, rief mir Max hinterher.

»Ich weiß«, rief ich zurück, obwohl ich mich nicht daran erinnert hatte.

Ich hatte meine Kleidung in den zurückliegenden Wochen sehr sorgfältig und immer in Hinblick darauf ausgesucht, wie sie Andrew gefallen würde, doch an diesem Morgen trug ich dasselbe wie tags zuvor, eine Strickhose und einen grauen Pulli, der schon nach dem einen Tag am Ausschnitt ausgeleiert war und in die Wäsche gehört hätte.

Andrews VW stand bereits auf dem Parkplatz, und als ich an seinem Büro vorbeiging, hörte ich seine Stimme. Entweder sprach er am Telefon, oder es saßen Eltern bei ihm. Der Unterricht hatte noch nicht begonnen – die Schüler waren noch in ihren eigenen Klassenräumen und hörten sich an, was der Direktor über die Lautsprecher zu verkünden hatte –, doch bevor ich mein Klassenzimmer erreicht hatte, schrillte die erste Glocke. Einige meiner Schüler – die Einzelgänger und Außenseiter, diejenigen ohne Freunde, mit denen sie auf dem Gang hätten herumalbern können – saßen schon auf ihren Plätzen. Nach und nach kamen die anderen, jeweils zu zweit oder dritt und nickten mir zu, doch die wenigsten erwiderten mein »Guten Morgen«. Ich drapierte meine

Jacke bewusst umständlich über die Stuhllehne und verstaute meine Handtasche extra langsam in der untersten Schublade, und als es zum zweiten Mal klingelte, ging ich hinaus auf den Gang, um die letzten Nachzügler einzusammeln.

Allerdings stand da Max.

Er stand direkt vor mir. Er trug nicht mal seine Jacke, und sein Gesicht war aschfahl und wie versteinert.

»Was ist?«, fragte ich und packte ihn mit beiden Händen. »Was ist passiert? Ist was mit Debbie? Wo ist sie?«

»Debbie ist noch zu Hause«, sagte er. Es sah aus, als würde er sprechen, ohne seine Lippen zu bewegen.

»Ist alles in Ordnung mit ihr?«

»Ja.«

»Warum bist du dann –?«

»Wie ›sehen‹?«, fragte er mich.

Ich starrte ihn an.

»Wie ›sehen‹? Wie war das gemeint – ›können uns nicht mehr sehen‹?«

Ich ließ meine Hände sinken.

»Was ist da los, Gail?«

Ich wusste nicht, was ich sagen sollte.

»Hast du eine …? Ist das eine *Affäre*? Hast du das *so* gemeint?«

»Nein, ich –«

»Sag bitte, dass da nichts ist!«

»Da ist nichts!«

»Warum dann die E-Mail?«

»Ich wollte nur –«

»Schlafen wir deshalb nicht mehr miteinander?«

Die Frage machte mir wieder bewusst, dass sich hinter mir ein Klassenzimmer voller Schüler befand. Ich weiß nur noch, dass ich ins Zimmer rannte, meine Sachen nahm und wieder hinauslief, ohne auch nur einen Blick in Richtung der Schüler zu werfen. Doch ich glaube (hoffe), dass sie nichts mitbekamen, dass sie zu sehr mit ihrem alle Aufmerksamkeit fordernden eigenen Leben beschäftigt waren, um auf meines zu achten. Ich glaube, ich schloss nicht mal die Tür hinter mir. Ich packte Max am Ärmel und zog ihn mit, wie man einen störrischen Hund wegzerrt. Ich zog ihn zur Treppe, ich zog ihn hinunter ins Erdgeschoss. »Das ist alles ganz anders«, beteuerte ich. »Du hast das total missverstanden.«

Draußen vor dem Eingang blieb er stehen, riss seinen Arm aus meinem Griff und sagte: »Es ist alles ganz anders, Gail? Wie denn?«

»Andrew ist nur ein Freund. Du verstehst das ganz falsch.«

»›Wir können uns nicht mehr sehen‹, hast du geschrieben. Was sonst soll das heißen?«

»Meine privaten E-Mails gehen dich gar nichts an!«

»Die E-Mail war schon offen, mitten auf dem Bildschirm!«

»So was passiert, wenn man –. Was?«

»Ich wollte eine Erinnerungsmail wegen der Protestkundgebung heute Nachmittag verschicken, und da war diese Mail auf dem Bildschirm, noch nicht verschickt.«

»Nicht verschickt?«

»Das wirst du mir erklären müssen.«

Doch anstatt auf meine Erklärung zu warten, machte er kehrt und ging die Eingangstreppe hinunter und zum Parkplatz. Ich musste laufen, um mit ihm Schritt halten zu können. Als er bei seinem Wagen angekommen war, stieg er ein und startete den Motor, unterließ es aber, ob unbewusst oder mit Absicht, die Beifahrertür zu entriegeln. Ich musste wie verrückt ans Seitenfenster hämmern, bis er sich hinüberbeugte und den Knopf rauszog. Und ich saß noch nicht richtig auf meinem Sitz, da fuhr er schon los.

»Du kennst das doch«, sagte ich. »Ein Freund erzählt einem ständig von seinen Problemen, und manchmal denkt man nur noch ›Genug!‹ Und irgendwann sagt man ihm –«

Max fuhr schweigend weiter und sah stur geradeaus. Es war zwecklos.

»Es tut mir leid«, sagte ich. »Es tut mir wahnsinnig leid.«

»Verlässt du mich jetzt?«, fragte er.

»Nein!«, antwortete ich. Und als er nicht reagierte, sagte ich: »Ich habe es ihm geschrieben! Du hast doch gesehen, was ich ihm geschrieben habe! Ich habe geschrieben, dass wir uns nicht mehr sehen können!«

»Aber du hast nicht geschrieben, dass du ihn nicht mehr sehen *willst*.«

»Ich *will* ihn aber nicht mehr sehen.«

Wir bogen in die Cold Spring Lane ein. Dort waren irgendwelche Bauarbeiten im Gange; Männer in dicken Jacken beratschlagten sich vor einer Grube in der Mitte der Fahrbahn. Wir mussten anhalten und warten. Die Stille im Wagen war fast greifbar.

»Debbie ist nicht in der Schule?«, fragte ich reichlich spät.

»Ich habe sie zu Hause gelassen.«

Einer der Arbeiter winkte uns, und Max fuhr um ihn herum und geradeaus weiter.

»Sie geht heute nicht in die Schule?«

»Ich bringe sie später hin.«

Wir waren also alle drei verschollen. Debbie war noch nicht in der Schule, Max und ich hatten unsere Klassen allein gelassen. Mein Auto stand einsam auf dem Parkplatz der Millwood High. Meine Schüler waren ohne Aufsicht und spielten wahrscheinlich verrückt. Doch das alles erschien mir nicht wichtig.

Ich hätte so gern etwas gesagt. Ich wollte so vieles sagen. Doch ich zwang mich zu warten, bis wir mehr Zeit hatten, miteinander zu reden.

Als wir nach Hause kamen, saß Debbie vor dem Fernseher im Hobbyraum. »Wo *warst* du?«, fragte sie Max, und zu mir sagte sie: »Warum bist du nicht in der Arbeit?«

»Tut mir leid, Schatz«, war alles, was Max dazu sagte. »Hol deinen Schulranzen, wir fahren los!«

Der Schulranzen stand bereits neben der Haustür. Max musste ihr in die Jacke helfen, wegen der Schulter. Er steckte den heilen Arm in den Ärmel, legte die Jacke um den anderen Arm herum, der in der Schlinge steckte, und zog den Reißverschluss zu. »Hab einen schönen Tag!«, sagte ich und drückte sie an mich.

»Tschüss, Mom.«

Kaum waren sie weg, ging ich in den Hobbyraum und schaltete den Computer ein. *Wir können uns nicht mehr sehen, es tut mir leid*, stand auf dem Bildschirm. Ich schickte die E-Mail ab, ohne lange zu überlegen, und schaltete den Computer aus. Dann griff ich zum Telefon und rief meine Schule an. Ein heftiger Magen-Darm-Infekt habe mich erwischt, erklärte ich der Sekretärin, und ich entschuldigte mich dafür, nicht eher Bescheid gegeben zu haben.

Ich glaube, ich hatte angenommen, dass Max zurückkäme, sobald er Debbie abgeliefert hätte, und wir dann reden würden. Alles klären, uns aussprechen würden. Aber er kam nicht zurück. Er machte offenbar ganz normal weiter, während ich wie ein Häufchen Elend zu Hause herumsaß. Als er auch in der Mittagspause nicht auftauchte, riskierte ich es und fuhr mit dem Taxi zur Millwood High, um mein Auto zu holen. Natürlich passte ich auf, damit niemand mich sah. Wie ein Dieb duckte ich mich hinter das Lenkrad und fuhr mit Rekordgeschwindigkeit heim. Zu Hause deutete glücklicherweise nichts darauf hin, dass Max in meiner Abwesenheit zurückgekommen war. Er absolvierte sogar die Stillbeschäftigungsstunde am Nachmittag und nahm an der Protestkundgebung noch später am Nachmittag teil. Debbie und ich warteten mit dem Essen auf ihn. Debbie wollte schon anfangen, doch ich sagte: »Warten wir noch ein winziges bisschen länger, okay?« Insgeheim war ich verzweifelt. Als er endlich kam, sagte er nur: »Reine Zeitverschwendung war das. Keiner hat den Mumm, Stunk zu machen.«

»Wirklich schade«, erwiderte ich.

»Alles Schisser.«

Ich war noch nie so froh gewesen, über eine Protestkundgebung plaudern zu können.

Nach dem Essen, als Debbie in ihr Zimmer verschwunden war, um Hausaufgaben zu machen, ging ich in den Hobbyraum, wo Max sich die Nachrichten ansah. Ich setzte mich wortlos neben ihn, wartete, bis ein Werbespot kam, und sagte: »Max.«

»Hmm?«

»Können wir reden?«

»Nicht jetzt, Schatz. Ich bin erledigt.«

Hätte ich darauf bestehen sollen? Ich weiß es bis heute nicht.

Denn von diesem Moment an verhielt sich Max so, als wäre überhaupt nichts passiert. Das Motto der folgenden Tage, Wochen und Monate lautete *Alles bestens!* Und *Was soll schon sein?* Er war verträglich wie eh und je. Er war auf freundliche, sanfte Art gut gelaunt.

Allerdings …

Allerdings fand er mich nicht mehr toll.

Ich hatte es nicht anders verdient, ich weiß. Trotzdem war ich verletzt, und umso mehr, als alles unbesprochen blieb. Max redete einfach nicht darüber. Unser Leben ging so angenehm und ereignislos weiter, wie es schon immer gewesen war.

Andrew dagegen …

Als ich am Dienstagmorgen wieder in der Schule war, klopfte er kurz vor Beginn der zweiten Stunde an die Tür meines Kabuffs. »Gail«, sagte er, kaum hatte ich geöffnet, »was ist los? Ist Max dahintergekommen?«

Wie ich diese Frage hasste! Sie war so geschwätzig, so distanzlos! Und woher nahm er das Recht, Max beim Vornamen zu nennen! Die beiden hatten sich nie gesehen! »Ja, Andrew, er ist dahintergekommen. Tut mir leid, aber die Mail war ernst gemeint.« Mehr brachte ich nicht heraus. Dann schlug ich ihm die Tür vor der Nase zu.

Danach waren wir wie zwei Fremde. Auf dem Gang sagten wir Guten Morgen. Und als man ihn im Frühling immer öfter mit der Spanischlehrerin Mamie Fox sah, war ich unendlich erleichtert. Es war, als hätte man ihn mir ausgebrannt. Weggeätzt. Es war nichts von ihm übrig.

Mir kam der Gedanke, dass dieses Gefühl auf Angst beruhte – auf der Angst zu verlieren, was mir am wichtigsten war –, und ich fragte mich, ob ich vielleicht erst viel später um ihn trauern würde. Doch ich trauerte nie. Ich vergaß ihn ganz einfach, und in den seltenen Momenten, in denen ich an ihn dachte, war es mir schleierhaft, was ich jemals an ihm gefunden hatte. Warum hatte ich, obwohl ich meinen Mann ehrlich liebte – zumindest auf die immer nur halb glückliche Art des ewigen Hin und Her, des Vielleicht/Vielleicht nicht der meisten Ehefrauen –, meine ganze Welt für einen anderen zerstört, den ich im Grunde kaum kannte? Aber vielleicht war es genau das gewesen: Ich hatte ihn nicht gekannt. Es gibt Zeiten, da ist nichts so verlockend wie das.

Ich hatte nicht erwartet, dass ich wieder einschlafen würde, doch plötzlich schlug ich blinzelnd die Augen auf. Die Katze war längst verschwunden, und die Sonne warf hellgelbe Quadrate auf meine Decke. Warum hatten wir dieses Wetter nicht bei der Hochzeit gehabt? Ich stieg aus dem Bett und schob das Fenster hinauf. Draußen war es zwar kühler als drinnen, aber noch feucht, deshalb schloss ich es wieder.

Ich zog mich an. Ich hörte Max unten herumgehen. Als ich die Küche betrat, war er gerade dabei, das Katzenklo in den Mülleimer unter der Spüle zu leeren, während die Katze um seine Knöchel herumschlich. »Morgen!«, sagte er und richtete sich auf. Er deutete auf den Mülleimer. »Keine Sorge, den trage ich gleich nach dem Frühstück raus.«

»Wie lange bist du schon auf?«, fragte ich.

»Noch nicht lang.«

»Fährst du bald los?«

»Wohin?«

»Nach Hause?«

»Nein, heute ist Sonntag. Sonntags muss ich nicht so früh losfahren.«

Gerade sonntags sollte man so früh losfahren. Sonntags wurde der Verkehr bis zum Abend hin stündlich schlimmer. Doch das sagte ich nicht. Sondern ich fragte: »Was hättest du gern zum Frühstück?«

»Ich mache uns etwas. Wie hast du geschlafen?«

»Wie ein Stein. Zumindest bis zum Morgengrauen. Und du?«

»Ich habe von Debbie geträumt«, erwiderte er.

»Gut oder schlecht?«

»In dem Traum ist sie zu uns gekommen und hat uns mitgeteilt, dass sie wieder aufs College möchte, und sie wollte wissen, ob wir das bezahlen würden. Und wir fragten: ›Welches Fach willst du belegen?‹, und sie sagte: ›Ach, ich hatte immer den heimlichen Wunsch, Kosmetikerin zu werden.‹ Da sagten wir –«

Und so ging es dahin, immer tiefer hinunter in den Kaninchenbau seines Traums, während er das Katzenklo ins Gästebad zurücktrug. Ich hörte ihn frische Streu einfüllen, was mir so kurz vor seiner Abfahrt verdächtig vorkam. Glaubte er etwa, ich würde die Katze nun doch behalten? Aber so war er eben. Fünfundsechzig und immer noch überzeugt, Menschen könnten sich ändern.

Doch wieder hielt ich den Mund. Ich setzte Kaffeewasser auf, und nachdem er in die Küche zurückgekehrt war, nahm er den Eierkarton aus dem Kühlschrank.

»Ich glaube, ich fahre kurz in die Schule und hole meine Sachen«, sagte ich.

»Welche Sachen?«

»Die Sachen in meinem Schreibtisch und alles andere.«

Er drehte sich vom Herd weg. »Du meinst es tatsächlich ernst? Du hörst wirklich auf?«

»Ja, warum nicht?«, erwiderte ich schulterzuckend.

»Aber du hast noch nichts Neues in Aussicht.«

»Ha! Wie oft hast du schon gekündigt, ohne etwas Neues in Aussicht zu haben!«

»Das ist etwas anderes. Ich bin nicht der ängstliche Typ.« Er gab ein Stückchen Butter in die Pfanne. »Außerdem kannst du nicht einfach an einem Sonntag in der Schule auftauchen, mit deinen Siebensachen verschwinden und nie wieder etwas von dir hören lassen.«

»Warum nicht? Feuern sie mich dann, oder was?«

Er lachte widerwillig leise schnaubend auf.

Ich schenkte Orangensaft in zwei Gläser und stellte sie auf den Tisch. Dann holte ich das Brot und steckte zwei Scheiben in den Toaster.

»Weißt du was?«, sagte Max. »Ich rufe noch heute Levy an.«

»Wer ist Levy?«

»Mein Schulleiter. Ich frage ihn nach einem Job für dich.«

»Max.«

»Es würde dir dort richtig gut gefallen! Wir haben wahnsinnig liebe Schüler, die wirklich Hilfe brauchen. Die einfach Pech hatten. Nicht diese Reiche-Leute-Kinder, mit denen du dich abgibst.«

»Die können auch nichts dafür, dass sie reich sind«, erwiderte ich sanft. »Außerdem gibt es bestimmt Vorschriften, die verbieten, dass Verwandte eingestellt werden.«

»Wir sind nicht miteinander verwandt.«

»Ach so. Stimmt.«

»Und wenn du Levy deine Zeugnisse vorlegst, nimmt er dich sofort.«

»Es sei denn, Marilee erwähnt die Sache mit der Sozialkompetenz.«

»Sozialkompetenz, Brachialkompetenz«, sagte Max und schlug den Bratenwender heftig an den Pfannenrand.

Ich war ein bisschen enttäuscht. Ich hatte mir eine bessere Widerlegung von Marilees Vorwurf erhofft.

Er schaltete den Herd aus und trug die Pfanne zum Tisch. Das Rührei erinnerte mich an zarte blassgelbe Wölkchen. »Dürfen wir überhaupt so viel Rührei, Omeletts und so weiter essen?«

»Warum nicht?«

»Ist das nicht schlecht für die Cholesterinwerte?«

»Das war letzte Woche«, sagte er. »Heute ist alles anders.« Er gab mir meine Portion und schob die andere Hälfte auf seinen Teller. Ich holte in der Zwischenzeit das getoastete Brot. »Eines solltest du aber bedenken«, sagte er. »Es verbessert deine Chance auf eine Anstellung ganz erheblich, wenn in deiner Beurteilung nichts von einem Einbruch steht.«

»Ein echter Einbruch ist es ja nicht«, entgegnete ich. »Ich habe schließlich einen Schlüssel.«

»Trotzdem.«

»Vielleicht sollte ich überhaupt aufhören zu unterrichten und stattdessen Spargel verkaufen.«

»Du machst Witze, aber mit dem Spargel verdienst du möglicherweise tatsächlich mehr.« Er bestrich seinen Toast dick mit Butter. (So viel zum Cholesterin!) »Ich fände es jedenfalls schade, wenn unseren Schülern eine so gute Lehrerin entginge.«

»Das ist lieb von dir, danke.«

Das Telefon klingelte.

»Wer ist das?«, fragte Max.

Ich ging hin, warf einen Blick auf das Display, rief: »Oje!«, und riss den Hörer aus der Basis. »Debbie?«

Max legte seinen Toast zurück auf den Teller.

»Ist –?« Ich hatte um ein Haar »Ist alles in Ordnung?« gesagt, änderte meine Frage aber im letzten Moment. »Ist es nicht wahnsinnig früh für dich?«

»Stimmt, aber wir haben beide noch nicht gepackt. Es gab so viel anderes zu tun … Jedenfalls wollte ich dich und Dad anrufen und mich für alles bedanken. Alles hat total gut geklappt, oder nicht?«

»Es war perfekt. Ihr hattet eine *wunderschöne* Hochzeit.«

»Ist Dad noch da?«

»Ja, wir frühstücken gerade.«

»Oh, Entschuldigung.«

»Nein, nein … Ich geb ihn dir.«

Ich hielt Max den Hörer hin, und er stand auf und nahm ihn. »Na, du?«, sagte er. »Hätte nicht besser laufen können, finde ich. Wie hat es Kenneth gefallen?«

Mist, das hätte *ich* fragen sollen. Oder eine Bemerkung machen, die ihr gezeigt hätte, dass die Sache für mich erledigt war und ich praktisch schon nicht mehr wusste, dass es jemals ein Problem mit Kenneth gegeben hatte.

»Sehr gut!«, sagte Max gerade. »Da hat er vollkommen recht. Seine Leute haben für Glanz und Glamour gesorgt, und deine das Ganze auf ein vernünftiges Maß runtergeschraubt. Perfekte Teamarbeit.«

Ich flüsterte: »Gib sie mir dann noch mal!«

»Was?«, fragte mich Max.

»Ich muss ihr noch was sagen.«

»Ist gut«, erwiderte er. »Deb? Bleib dran – deine Mutter

hat dir noch etwas mitzuteilen. Also dann, gute Reise, Schatz. Wiedersehen.« Er gab mir den Hörer.

Ich sagte: »Meine Süße, ich wollte nur sagen, dass du vielleicht Sophie und Rupert anrufen und dich auch bei ihnen bedanken solltest.«

»Habe ich schon gemacht.«

»Ach so.«

»Beide fanden alles sehr gelungen. Nur die Blumen fand Sophie weniger toll.«

»Was weiß denn *die* schon!«, sagte ich. Und dann: »Gut, mein Liebling, ich wünsche euch eine wunderschöne Hochzeitsreise.«

»Danke, Mom.«

Ich legte auf und sagte zu Max: »Sie hat zuerst Sophie und Rupert und erst dann uns angerufen.«

»Ist doch klar. Das war der Pflichtanruf. Den wollte sie hinter sich bringen.«

»Und Sophie fand die Blumen nicht so toll.«

»Woraufhin du zu Recht ›Was weiß denn *die* schon!‹ gesagt hast.«

Wir grinsten uns an.

»Gehst du eigentlich noch immer jeden Sonntag spazieren?«

»Spa–? Ach, das kann auch mal ausfallen«, antwortete ich, denn es sollte nicht so aussehen, als würde ich ihn loswerden wollen. »Also, das ist nicht in Stein gemeißelt.«

»Ich dachte nämlich gerade, dass ich vielleicht mitkommen würde.«

»Das wäre schön.«

»Es sei denn, du gehst lieber allein.«

»Nein, komm gerne mit«, sagte ich.

Und dann kam ich endlich dazu, mein Rührei zu essen.

Mein Sonntagsspaziergang führte immer über dieselbe Route: Auf dem Hinweg ging es an der Ashton School vorbei, und auf dem Hin- wie auf dem Rückweg über einen ziemlich steilen Hügel, denn das Bergabgehen beansprucht meiner Ansicht nach ganz andere Beinmuskeln als das Bergaufgehen. Das Ganze dauerte exakt eine Dreiviertelstunde. »Sind dir fünfundvierzig Minuten zu lang?«, fragte ich Max.

»Überhaupt nicht.«

»Macht es dir etwas aus, eine Anhöhe raufzusteigen?«

»Für wen hältst du mich? Mein Arzt lässt mich wie gesagt täglich drei Kilometer laufen.«

»Ich wollte nur sichergehen.«

Er verdrehte zwar die Augen, doch er konnte mir die Frage nicht verübeln. Er war ein Brocken, und er trug seine ewigen Kreppsohlentreter, während ich in Adidas-Schuhen herumspazierte, die die Größe zweier Wassermelonen besaßen.

Gleich nach dem Frühstück ging ich in mein Zimmer, um sie anzuziehen. Max räumte in der Zwischenzeit die Küche auf. Diese Gewissenhaftigkeit sah ihm gar nicht ähnlich. Und weil ich befürchtete, dass er Mitleid mit mir empfand – erstens weil ich mich gerade von meiner einzigen Tochter verabschiedet hatte, zweitens weil ich bald ohne Job dastehen würde –, gab ich mich bewusst barsch und desinteressiert, als ich wieder unten war. »Fertig?«, fragte ich und sagte: »Shorts hast du ja wohl keine dabei«, denn ich selbst hatte eine Dreiviertelhose angezogen, die unterhalb der Knie endete.

»Nein, nur die hier.« Er meinte die Khakihose, die er schon bei seiner Ankunft getragen hatte.

»Zum Glück ist es heute nicht ganz so heiß.«

Unser Aufbruch wurde dadurch erschwert, dass die Katze plötzlich unbedingt mitkommen wollte. Ich hatte mich gerade umgedreht und zog die Eingangstür hinter mir zu, als mich etwas Weiches an den Beinen kitzelte. Ich sagte: »Stopp!«, und schob sie mit der Schuhspitze ins Haus zurück. »Ist sie eine Freigängerkatze?«, fragte ich Max, während ich absperrte.

»Keine Ahnung.«

»Hier haben nämlich viele Leute Vogelhäuschen. Die wären nicht begeistert.«

»Ich glaube eher, dass sie dich gern hat. Sie wollte mit dir mitgehen.«

Der Mann gab einfach nicht auf.

Doch ich ersparte mir jegliche Diskussion. »Wir sollten gleich hier über die Straße«, sagte ich. »Da vorn schneidet Fred Parrott seine Hecke, und er hält immer alle auf und quasselt und quasselt. An der Tribal Lane biegen wir dann nach links ab und –«

»Oder immer der Nase nach«, schlug Max vor.

»Kommt nicht in Frage.«

Wir gingen an den Nicholsons vorbei und an dem Haus mit der Gipsmadonna im Garten. Inzwischen waren wir direkt gegenüber von Fred Parrott angelangt.

»Schau nicht hin, sonst hält er uns an«, stieß ich zwischen den Zähnen hervor.

Wir gingen mit abgewandtem Gesicht vorbei.

»Sind das freundliche Leute, die hier wohnen?«, fragte Max.

»Mehr oder weniger.«

»Waren welche bei der Hochzeit?«

»Bei Debbies Hochzeit? Nein.«

»Wie lange wohnst du jetzt hier?«

»Einundzwanzig Jahre«, sagte ich. »Einundzwanzig Jahre im März.«

Obwohl er das genauso gut wusste wie ich.

Mein Vater war 2001 gestorben, im Herbst 2001. Es war nicht unerwartet gekommen, er war seit Jahren krank gewesen. Doch als es dann an einem Sonntagnachmittag geschah – er saß mit meiner Mutter vor dem Fernseher –, erschien es mir wie aus heiterem Himmel. Meine Mutter wurde damit viel besser fertig als ich. Sie organisierte die Bestattung und erledigte den Papierkram, während ich eigentlich nur wie betäubt herumsaß. Und sie teilte mir mit, wie viel er mir hinterlassen hatte – es war kein enormer Betrag, aber ein schöner kleiner Batzen Geld. Ich wusste sofort, was ich damit machen würde. Ich glaube, ich habe keine Sekunde darüber nachgedacht. Bevor ich an jenem Abend ins Bett ging, sagte ich noch zu Max, dass ich ein kleines Haus kaufen würde, in dem Debbie und ich allein wohnen könnten. Er selbst könne in unserem derzeitigen Haus weiter zur Miete wohnen, sich ein Apartment suchen oder in eine andere

Stadt ziehen, falls er das wolle. Das sei allein seine Entscheidung.

»Soll das heißen … Lässt du dich von mir scheiden?«, fragte Max.

»Ja.«

»Aber *warum*?«

»Darum.«

»Ist es wegen diesem Typen?«

Nicht einmal da sprach er Andrews Namen aus. Ich auch nicht. »Nein«, sagte ich. »Wegen mir.«

»Bravo, Gail! Das abgedroschene ›Es liegt nicht an dir, es liegt an mir‹.«

»Nein«, widersprach ich. »Eher so: Es liegt nicht an dir, es liegt an der Frau, die ich bin, wenn ich mit dir zusammen bin.«

»Was?«

»Früher war ich …«

Früher war ich das Mädchen gewesen, das in einem großen goldgelben Weizen- oder Hafer- oder Gerstenfeld stand, und Max Baines nahm mein Gesicht wie etwas Kostbares zwischen die Hände. Er umfing meine Wangen; er fuhr mit der Daumenspitze die Narbe an meinem Kinn nach. Er blinzelte, als könnte er es nicht fassen, dass ein Mensch so … ja, so perfekt war.

Früher war ich perfekt gewesen.

Aber das konnte ich natürlich nicht sagen, sondern ich sagte: »Ich kann nicht erwarten, dass du noch dieselben Gefühle für mich hast wie früher, das ist mir klar.«

»Was *redest* du da?«

»Jetzt zu Debbie. Wir müssen das Ganze für sie möglichst spannungsfrei über die Bühne bringen. Sie soll nicht zwischen uns hin- und hergerissen sein. Du darfst sie selbstverständlich sehen, so oft du willst. Über das Sorgerecht und so weiter werden wir uns nicht streiten.«

»Ich *darf* sie sehen?«

»Du weißt, was ich meine«, erwiderte ich. »Und sie darf nie mitkriegen, dass wir uns deshalb streiten; es darf keine Unstimmigkeit zwischen uns sichtbar werden. Wir müssen klar kommunizieren, dass wir in dieser Hinsicht an *einem* Strang –«

»Ich habs kapiert«, sagte er. Und dann: »Weißt du, mit welchem Wort man das Ganze bezeichnen könnte?«

»Nein.«

»Mit dem Wort ›Vergeudung‹. Schiere sinnlose, überflüssige *Vergeudung*.«

Damit verließ er das Zimmer.

Ich war ehrlich gesagt sehr erleichtert. Höchste Zeit, dass er wütend wurde! Sollte er innerlich schäumen, sollte er die Lippen zusammenpressen und die Tür zuknallen und so tun, als würde er es nicht hören, wenn ich etwas zu ihm sagte. Ich dachte, wir könnten später darüber reden.

Nur dass es dazu nie kam. Wenige Tage danach zog er aus. Mietete eine Wohnung in der St. Paul Street, nahm seine Sachen und verschwand. Keine weiteren Diskussionen. Das war brutaler als erwartet, muss ich sagen. Ich hatte gedacht, dass alles einfacher werden würde, sobald jeder sein eigenes Leben hätte, doch eine Zeit lang war alles viel komplizierter. Es gab viel mehr

Missverständnisse. Einmal fragte ich ihn am Telefon, wo er mit Debbie zu Abend essen werde, und die Antwort lautete, ich hätte ihn nicht ins Kreuzverhör zu nehmen. »Damit wollte ich doch nicht sagen, dass –«, sagte ich, aber er hatte schon aufgelegt. Ich lud ihn zu Debbies Schultheaterstück ein, und er sagte, dass er es sich selbstverständlich ansehen werde, denn die Premiere finde an einem Abend statt, an dem sie bei ihm übernachte. Ich selbst solle erst zur zweiten Aufführung kommen.

Nachdem er den Job im Osten angenommen hatte, wurde es besser. Ich sah ihn nur noch, wenn er nach Baltimore kam, um Debbie abzuholen oder zurückzubringen, und auch diese Gelegenheiten wurden mit der Zeit seltener – erstens wegen der Entfernung und zweitens weil Debbie immer mehr mit ihren Freundinnen unternahm, je älter sie wurde.

Einmal rief er in letzter Minute an und ließ einen Termin mit ihr platzen, und ich sagte: »Sie wird traurig sein, dass das nicht klappt«, und er sagte: »Sie wird nicht traurig sein.«

»Doch, natürlich!«, entgegnete ich, aber er sagte: »Als ich sie letzte Woche von der Schule abgeholt habe, war sie draußen bei den Leichtathleten und hat angefeuert.«

»Angefeuert?«

»Sie hat so einen Cheerleader-Ruf eingeübt, wie ihn die Mädchen bei Sportwettkämpfen ausstoßen, wenn sie hochspringen und mit ihren Pompons wedeln, wieder runterkommen, das Mädchen neben sich umarmen und sich schieflachen.«

»Na gut …«, sagte ich. Denn natürlich lachte sie. Sie

war vierzehn, und sie war unter Gleichaltrigen gewesen. Nur ich wusste, wie sehr ihr unser Eingriff in ihr Leben noch immer zu schaffen machte. (Das mag feige sein, aber ich hatte ihr gegenüber nie zugegeben, dass allein ich für die Scheidung verantwortlich war.)

Max sagte: »Sie wird nicht mal bemerken, dass ich abgesagt habe.«

»Das ist nicht wahr«, widersprach ich.

Nur etwa vier Wochen später kam sie von einem Wochenende bei Max zurück und erklärte, sie gehe nie wieder zu ihm. Sie könne seine Freundin nicht ausstehen. »Seine was?«, fragte ich.

»Die ist dick.«

»Er hat eine Freundin?«

»Ja, hat er. Sie heißt Roxanna und ist eine fette Kuh.«

»Na ja, schön für ihn …«, sagte ich leise.

Debbie schnaubte verächtlich. »Grandma sagt, Männer lassen sich eben leicht austricksen.«

»Grandma? Wann hast du mit Grandma gesprochen?«

»Ich habe sie angerufen, als ich bei Dad war.«

»Du …?«

»Ich war wütend, okay? Und Grandma hat gesagt, dass Männer von Natur aus schwächer sind als Frauen und nicht zugeben können, dass sie alt werden, und deshalb verlassen sie ihre Frauen für junge Flittchen.«

»Aber so war das nicht – Moment mal, Grandma hat ›*Flittchen*‹ gesagt?«

»Flittchen, die es ausnutzen, wenn ein verheirateter Mann gerade schwach ist.«

»Debbie, bitte sag nicht ›Flittchen‹!«

»Ich habe es nicht gesagt! Grandma hat es gesagt!«

»Nicht zu fassen.«

»Glaubst du, ich lüge?«

»Nein, aber deine Großmutter hat nicht die leiseste Ahnung, wovon sie spricht, das kannst du mir glauben.«

»Um *mich* brauchst du dir jedenfalls keine Sorgen machen. Ich weiß jetzt schon, dass ich mal Nonne werde«, sagte sie.

»Ach, hör auf, du bist nicht mal katholisch!«

»Also, rufst du Dad an und sagst ihm, dass ich nicht mehr komme?«

»Ruf ihn selbst an«, erwiderte ich. »Ich halte mich raus.«

Denn hin und wieder mache sogar ich etwas richtig.

Auch wenn mir die Nachricht von der Existenz Roxannas zugegebenermaßen einige unschöne Wochen bescherte und ich ernsthaft mit mir ins Gericht gehen musste. (»Siehs ein, Gail«, sagte ich mir, »du hast es nicht anders verdient.«)

Ob Debbie ihren Vater wirklich angerufen hatte oder nicht, fragte ich nie. Nach einer kurzen Pause besuchte sie ihn jedenfalls wieder. Denn im Januar des folgenden Jahres machte sie ihren Führerschein und konnte sich mein Auto leihen, was zumindest in der ersten Zeit, als das Fahren für sie noch neu war, einen gewaltigen Anreiz bot. Sie sprach zwar immer nur abschätzig von Roxanna, doch eines Tages entdeckte ich einen Schnappschuss von ihr und einer Frau, der im Rahmen des Spiegels in ihrem Zimmer steckte. Die Frau musste Roxanna sein. Debbie und sie standen auf einer Art Bauernmarkt, die eine hatte den Arm um die andere gelegt, und Debbie wirkte entspannt und lächelte. Außerdem war Roxanna sehr schön. Ich hatte über ihr berüchtigtes Übergewicht bis dahin immer verächtlich die Nase gerümpft, doch es gibt füllige Frauen, die strahlen etwas so Sinnliches aus und haben eine so samtige Haut und wirken so herrlich selbstbewusst, dass man sich fragt, warum Dünnsein als Vorzug gilt. Sie hatte Grübchen in den Wangen und weich aussehende Brüste und ein sanft gerundetes Bäuchlein.

Ich kann mich nicht erinnern, ab wann Debbie sie nicht mehr erwähnte. Jedenfalls registrierte ich nach ein paar Jahren, dass das Foto nicht mehr an ihrem Spiegel steckte. Und eine Bemerkung, die Max etwas später machte, als ein geschiedener Freund von uns seine zweite Ehe einging (»In einem gewissen Alter wird heiraten anstrengend«, sagte er), brachte mich auf den Gedanken, dass Roxanna und er schlicht in verschiedenen Lebensphasen angelangt waren.

Wie auch immer – die Zeit verging, und Max und ich erledigten das, was wir gemeinsam erledigten mussten, mit größerer Sachlichkeit. Wir waren beide dabei, als Debbie ihren Highschool- und später ihren College-Abschluss feierte. Bei der Verleihung ihres Jura-Diploms saßen wir nebeneinander, und wenn Max einen Abend mit ihr verbrachte, kamen sie vorher zum Essen zu mir.

Als sich die Krankenschwester an meiner Schule vor einiger Zeit scheiden ließ, sagte sie: »Ich möchte, dass Steve und ich eines Tages genauso zivilisiert miteinander umgehen und miteinander befreundet sind wie ihr, du und dein Ex-Mann.«

»Wie wir?«, fragte ich. Und dann sagte ich: »Ja stimmt, wie wir.«

Ich sagte ihr nicht, wie viele Jahre mit Höhen und Tiefen, mit eisigem Schweigen und verletzten Gefühlen wir hatten durchmachen müssen, um das zu erreichen.

In der Sonne war es jetzt viel wärmer. Aus den Häuserreihen wurden Ladenzeilen mit kleineren Häusern dazwischen; dann verwandelten sich die Häuser in Fußpflegepraxen und Ein-Mann-Versicherungsagenturen, und wir bogen rechts in die Ashton Street ein und sahen Mayellas Obst- und Gemüsemarkt, die Forellenräucherei und dahinter meine Schule. Da fiel es mir wieder ein: »Ich habe mir überlegt«, sagte ich (ein bisschen außer Puste wegen des Anstiegs, der hinter uns lag), »dass ich Marilee vielleicht eine E-Mail schreibe und ihr alles Gute für die Behandlung wünsche.«

»Für welche Behandlung?«, fragte Max.

»Sie hat morgen eine Kardio-irgendwas. Ihre Herzfrequenz soll geändert werden.«

»Klingt ziemlich ernst«, meinte Max.

»Kardio … gramm? Graf? Kardiolyse? Am Freitag konnte ich ihr nicht alles Gute wünschen – da hatte sie ja damit zu tun, meine Sozialkompetenz in Frage zu stellen –, aber inzwischen sehe ich ein, dass ich vielleicht ein bisschen gefühllos geklungen habe.«

»Wenn du Sozialkompetenz beweisen willst, solltest du keine E-Mail schreiben, sondern anrufen.«

»Das wäre Etikettenschwindel«, entgegnete ich nur halb im Scherz. »*So* ausgeprägt ist meine Sozialkompetenz auch wieder nicht. Und was spricht gegen eine E-Mail? Mit einer E-Mail würde ich sogar gewissermaßen Respekt bezeugen – Respekt vor ihrer freien Zeit mit ihrem Mann am Tag vor ihrer … Kardioxie?«

»Ein Anruf bringt die Besorgnis unmittelbarer zum Ausdruck«, sagte Max. »Ungefähr so: ›Entschuldige bitte die Störung, aber ich mache mir solche Sorgen um dich, dass ich einfach zum Telefon greifen musste, um herauszufinden, ob ich irgendwas für dich tun kann.‹«

»Ha! Dann würde sie sich fragen, was in mich gefahren ist.«

Die Ashton School war geschlossen, alles war still. Die Rollos in den Klassenräumen waren genau so weit heruntergezogen, wie unser Hausmeister es für gut befand; kein Lehrer, kein Schüler hatte da mitzureden. Nachdem wir an dem Gebäude vorbeigegangen waren, kehrten wir um und gingen auf demselben Weg zurück. Ich sagte: »Ich hasse es, wenn mir ein Wort nicht einfällt und ich im Kopf danach kramen muss. Das ist, als würde man den Magic 8 Ball fragen – ›Werde ich reich, wenn ich groß bin?‹ ›Werde ich reisen?‹ – und jedesmal warten, bis sich die Antwort allmählich im Sichtfenster zeigt.«

»Es steht noch nicht eindeutig fest!«, rief Max in theatralischem Ton. »Stell die Frage später noch einmal!«

»Als ich jung war, gab es die Antwort wenigstens *irgend-*

wann. Jetzt, wo ich alt bin, taucht sie manchmal gar nicht mehr auf. Ich sage mir dann: ›Sie wird schon noch kommen‹, aber sie kommt nicht.«

»Willkommen im Club!«, erwiderte Max leichthin.

»Ich hasse es!«

Er sah mich an.

»Es macht mich so … verletzlich.«

»Ach, Schätzchen.«

»Aber du hast natürlich recht«, sagte ich. »Willkommen im Club! Sag mal, ist das ein Rotflügelstärling?« Wir drehten uns beide um und sahen zu, wie der tintenschwarze Vogel mit den markanten hellroten Flügelflecken von einem Maulbeerbaum aufflog.

»Es war einmal vor langer Zeit, da wollten wir, du und ich, zusammen alt werden«, sagte Max.

Keine Ahnung, was die Bemerkung sollte. Ich erwiderte nichts, und den restlichen Weg legten wir schweigend zurück.

Ich hatte es mir nicht anmerken lassen, aber ich dachte ernsthaft über Max' Vorschlag nach, Marilee am Telefon alles Gute zu wünschen. Vielleicht hatte er recht, sagte ich mir. Und so setzte ich mich nach unserer Rückkehr, als ich oben war, um die Spazierkleidung auszuziehen, auf die Bettkante und griff zum Telefon. Ich musste ihre Nummer in dem Büchlein in meinem Nachttisch nachschlagen, so selten rief ich sie an. »Gail!«, sagte sie, nachdem sie den Anruf entgegengenommen hatte.

»Hi, Marilee.«

»Gut, dass du zurückrufst.«

»Ach so, ja.« Ihre Nachricht auf meinem Anrufbeantworter hatte ich ganz vergessen. »Ich wollte nur sagen: Ich hoffe, dass morgen bei dir alles glattgeht.«

»Vielen Dank – sehr aufmerksam, Gail. Also, der Grund meines Anrufs. Bitte nimm es mir nicht übel, aber mir ist eingefallen, dass du in der Millwood Hill Mathematik unterrichtet hast, bevor du meine Stellvertreterin wurdest.«

»Ja …«

»Du hast dort Nachholkurse gegeben.«

»Ja.«

»Deshalb habe ich letzten Freitag, als du weg warst, Emmy Lawton angerufen.«

Emmy war die Leiterin des Fachbereichs Mathematik an unserer Schule – nicht die hellste Kerze auf der Torte, aber ich mochte sie.

»Ich habe sie gefragt, ob sie Interesse an einer Spezialistin für Mathe-Nachholkurse hätte, und sie hat sofort Ja gesagt. Sie meinte, sie habe Bedarf, seit die Schüler während Corona so weit zurückgefallen sind … Aber fühl dich durch den Vorschlag bitte nicht gekränkt – mir ist durchaus bewusst, wie weit du es seitdem auf der Karriereleiter gebracht hast.«

War ja klar, dass die Tätigkeit in der Verwaltung für sie nur ein Aufstieg sein konnte.

»Würdest du es trotzdem in Betracht ziehen, wieder zu unterrichten?«, fragte sie.

»In der Ashton School, meinst du?«

»Lässt du es dir zumindest mal durch den Kopf gehen?«

»Hm. Ja, das wäre eine Idee«, sagte ich. Was auch stimmte – allerdings war die Idee auch nicht ganz ohne. Ich schob sie fürs Erste beiseite und sagte: »Könnte mich dein Mann morgen anrufen und mir berichten, wie es gelaufen ist?«

»Vielen Dank! Ja, ich sage es ihm.«

Noch persönlicher wäre es natürlich gewesen, wenn ich mich an den Vornamen ihres Mannes erinnert hätte, aber ich kam nicht drauf.

Nach dem Gespräch ging ich ins Gästezimmer hinüber, wo Max gerade packte. »Ich habs gemacht«, sagte ich.

»Was hast du gemacht?«

»Ich habe Marilee angerufen und ihr viel Glück gewünscht.«

»Sehr gut!«

»Und dabei erfahren, dass die Ashton School eine Mathelehrkraft für Nachholkurse gebrauchen könnte.«

»Aha. Verstehe.«

»Mist! Ich hätte sie fragen sollen, wie diese Herzbehandlung heißt, diese Kardio–«, murmelte ich vor mich hin.

»Bitte versprich mir, dass du jetzt nicht wütend wirst«, sagte Max.

Ich sah ihn an. Ich wappnete mich.

»Ich habe gerade Sam Levy angerufen und gefragt, ob wir zufällig eine Mathelehrkraft für Nachholkurse an *unserer* Schule gebrauchen können, und er hat gesagt: ›Soll das ein Witz sein? Ich würde jemanden umbringen für eine Mathe-Nachholkurs-Lehrkraft!‹«

»Wen würde er umbringen?«

»Bist du jetzt wütend?«, fragte Max.

»Nein. Es war nett von dir, ihn zu fragen.«

»Ich dachte mir: Veränderung tut manchmal gut.«

»Stimmt. Allerdings wohne ich hier in Baltimore, wie du weißt.«

»Ja, ich weiß.«

»Hey!«, sagte ich. »Ich habe eine Idee. Fährst du jetzt gleich, oder kannst du noch ein bisschen bleiben? Dann würde ich dich vor deiner Abfahrt zum Mittagessen einladen.«

»Ich bleibe sehr gern ein bisschen länger.«

»Dann gehen wir ins Cultured Crab – du mochtest das Lokal doch immer. Was meinst du?«

»Sehr schön.«

Danach fiel mir nichts mehr ein, und ich ging nach unten.

Als auch Max herunterkam, saß ich neben der Katze auf der Couch und las die Sonntagsausgabe der *Sun*. »Möchtest du auch?«, fragte ich, und er sagte »Danke«, nahm den vorderen Teil der Zeitung und ging damit zum Schaukelstuhl. »Will ich das wirklich wissen?«, fragte er die Schlagzeile, während er sich setzte.

Ich las die Kummerkasten-Kolumne *Frag Amy* zu Ende. Mir hatte schon immer gefallen, dass Amy Blödsinn grundsätzlich nicht durchgehen ließ. »Ganz genau!«, kommentierte ich eine Stelle. »Was sich manche Leute *erlauben*!« Die Katze sah mich beunruhigt an und rückte ein Stück von mir weg.

»Zugegeben, die Bezahlung wäre nicht besonders«,

sagte Max, und wieder sah es so aus, als spräche er zu den Überschriften. »Andererseits lebt es sich dort viel günstiger.«

»Drüben im Osten, meinst du?«, fragte ich.

Endlich sah er mich an. »Du würdest dort praktisch umsonst an ein hübsches Häuschen kommen.«

»Na klar, in einer wirtschaftlich so schwachen Gegend.«

»Als ob Baltimore wirtschaftlich stark wäre! Überleg doch mal: Debbie und Kenneth könnten später in den Sommerferien mit ihren Kindern kommen! Das musst du bedenken, wenn du entscheidest, wie viele Zimmer du brauchst.«

»Als ob ich ein Haus am Strand kaufen würde!«, erwiderte ich. »Die Lebenshaltungskosten direkt an der Küste sind astronomisch hoch!«

»Nein, ich spreche von *meiner* Gegend, von Cornboro. Sie könnten bei dir in Cornboro wohnen und wären jeden Tag in einer knappen Stunde am nächsten Strand.«

»Ach so, na klar. Und die Fahrt wäre so kinderleicht, dass Kenny junior das Lenkrad übernehmen könnte, sobald er den Lernfahrausweis hat, ja?«

Max blickte, wenn auch nur kurz, verwirrt drein. Dann sagte er: »Du hast recht.«

»Max«, sagte ich, »du meinst es sicherlich gut, aber ich bin überzeugt, dass mir nur *ein* Leben zugeteilt ist. Ich kann nicht einfach irgendwelche Konzepte ausprobieren und sie verwerfen, wenn sie nicht funktionieren.«

»Tja dann«, sagte Max seufzend.

Er selbst glaubte offenbar, für ihn stünden unendlich viele Leben bereit.

Irgendwann möchte ich es hoch angerechnet bekommen, dass ich so oft etwas *nicht* gesagt habe, obwohl ich es hätte sagen können.

Zum Mittagessen fuhren wir mit meinem Auto, weil ich tanken musste, um es am Montag in die Arbeit zu schaffen. (Ich sah allmählich ein, dass ich wohl doch nicht so bald aufhören würde.) Im Wagen roch es noch immer leicht nach Haarpflegemitteln. Bevor wir starteten, ließ ich mein Fenster herunter. »Das Tanken erledigen wir auf dem Rückweg«, sagte ich zu Max. »Ich habe plötzlich einen Bärenhunger.«

»Ich auch«, erwiderte er.

Das Cultured Crab befand sich in Lutherville, nicht weit entfernt von der Straße, in der er aufgewachsen war. Seine Eltern hatten dort alle wichtigen Familienfeste gefeiert. Sie waren schon lange tot, und man hätte annehmen können, dass es ihn traurig machte, wieder dorthin zu gehen, aber er wirkte nicht traurig. Während wir durch die York Street mit ihrem Mischmasch aus Gebrauchtwagenhandlungen, kleinen billigen Grillrestaurants, Ladenzeilen und Reifendiscountern fuhren, blickte er stillvergnügt aus dem Fenster. »Als Deb mir gesagt hat, dass Kenneth und sie heiraten würden, habe ich beide zur Feier des Tages ins Cultured Crab eingeladen«, erzählte er. »Hat sie das jemals erwähnt?«

»Nein. Wie hat es Kenneth gefallen?«

»Sehr gut.«

»Was hätte er sonst auch sagen sollen.«

»Nein, ernsthaft, es hat ihm sehr gut gefallen. Er meinte, es wäre einzigartig.«

»Das glaube ich gern.«

»Ich muss dich allerdings warnen«, sagte Max. »Seit der Corona-Zeit präsentiert sich das Cultured Crab quasi in einer neuen Version.«

»Ha!«, rief ich. »Kardio*version*!«

»Was?«

»Marilees Behandlung heißt Kardioversion.«

»Ach so.«

»Dieser Stromstoß, den sie ihr verpassen, damit das Herz wieder richtig schlägt.«

»Ja, die moderne Medizin«, erwiderte er in bewunderndem Ton. »Was ich sagen wollte – sie haben vor dem Lokal eine Unmenge Tische à la französisches Straßencafé aufgestellt und bis heute nicht weggeräumt. Da – das meine ich – siehst du?«

Denn mittlerweile näherten wir uns dem Restaurant. Die Fassade war unverändert – ein mit weißen Schindeln verkleidetes würfelförmiges Gebäude, auf dessen Dach eine aus Neonröhren bestehende Krabbe mit Kochmütze tanzte –, doch im Bereich davor standen jetzt Tische, Stühle und zusammengeklappte Sonnenschirme wild durcheinander, eingehegt nur durch die üblichen am Bordsteinrand aneinandergereihten Mülltonnen und Zeitungskästen. »Paris, Frankreich«, sagte Max mit einer schwungvollen Handbewegung.

»Ah ja.«

»Sag da drin bloß nicht, dass du scharf aufs Essen bist.«

»Nein, ganz bestimmt nicht.«

Man vergisst nämlich, wenn man einige Zeit allein war, dass es sie gibt – diese Gespräche zwischen Eheleuten, die sich mit Unterbrechungen wochenlang hinziehen können, die sich wie eine Häkelarbeit verästeln, Schlaufen legen und alte Gesprächsfäden wieder aufnehmen.

Ich fand ein Stück weiter vorn einen Parkplatz, und wir stiegen aus und zwängten uns zwischen den Tischen auf dem Gehweg hindurch, von denen keiner besetzt war. Und auch im Lokal selbst war fast alles frei. Am Fenster saß eine junge Frau und trank einen Cocktail, und hinten im Raum lasen zwei ältere Männer stirnrunzelnd die Karte. Ich glaubte ziemlich sicher zu wissen, *warum* sie die Stirn runzelten: Sie hatten das Lokal für eines von den kleinen günstigen Fischrestaurants gehalten, wie es sie in Baltimore überall gibt. Das Cultured Crab verstand sich aber als etwas Besseres. Normale gedämpfte Krabben waren auf der Karte gar nicht zu finden – zu chaotisch, zu anstrengend für die Gäste. Was dort als Krabbenfrikadellen bezeichnet wurde, waren daumengroße Kroketten, gespickt mit kleinen Stückchen schwarz geschmorter Shishito-Chilis. Krabbenparfait mit einer Schicht Wasabi-Crème-fraîche. Krabbensalat mit Marcona-Mandeln unter einer Yuzu-Glasur. Max' Eltern hatten diese Gerichte ernst genommen; Max fand sie höchst amüsant. Als wir hineingingen, rieb er sich buchstäblich die Hände, und kaum waren wir an unseren Tisch geführt worden (von einer Frau, die wie eine Dreizehnjährige aussah), begann er das Tischtuch zu lesen. Jedes Tuch war anders – jeweils eine auf irischem Leinen faksimilierte Zeitungsseite –, eine Imitation der in anderen Krabbenlokalen echten Zeitungen, auf die die gedämpften ganzen Krabben geschüttet wurden. Unsere Seite enthielt eine Reportage über ein Austernessen des Stadtrats und eine Party für junge Männer, die an den Ampeln Windschutzscheiben putzten – die warmen Krabbensandwiches hatte der Bürgermeister persönlich verteilt. Max las den Bericht vor, und ich sagte: »Man beachte, dass nicht mitgeteilt wird, *welch*er Bürgermeister das war.«

»Wie in einer Zeitschleife«, sagte Max, den Blick auf einen Tisch in der Ecke gerichtet. »Erinnerst du dich, wie wir alle da hinten saßen und meine Schwester verkündet hat, dass sie schwanger ist?«

»Oh Gott«, sagte ich, denn seine Schwester war damals noch nicht verheiratet gewesen.

»Und Dad stand so abrupt auf, dass er an die Tischkante stieß, und der Kerzenhalter fiel um, und Moms Speisekarte fing Feuer.«

»Glückliche Zeiten.«

»Möchten Sie schon mal was zu trinken bestellen?«, fragte unsere Kellnerin, die ebenfalls wie ein Teenager aussah. Die mütterlichen Bedienungen über sechzig waren während der Pandemie offenbar alle vorzeitig in Rente gegangen. »Für mich bitte nur Wasser«, sagte ich, und Max sagte: »Für mich Eistee.« Der Eistee im Cultured Crab war berühmt; er war mit Kumin oder Kurkuma verfeinert oder mit einem ähnlichen Gewürz, von dem man gelbe Zähne bekam.

»Und inzwischen ist dieses Baby eine erwachsene Frau, die gerade an der Hochzeit unserer Tochter teilgenommen hat«, sagte Max, als wir wieder allein waren, womit er zum Thema der Schwangerschaft seiner Schwester zurückgekehrt war.

»Sie hat sogar schon ein paar graue Haare. Das ist mir aufgefallen, als wir uns nach der Trauung mit ihr unterhalten haben.«

Während ich sprach, überflog ich die Speisekarte und suchte die am wenigsten bizarre Kombination. Ich war noch nie ein Fan von Essen gewesen, das ich nicht seit meiner Kindheit kannte. Der Blechkonservengeschmack von Mangos, der Mundgeruchgeschmack von Koriander – hätte ich diese Nahrungsmittel als Dreijährige kennengelernt, hätten sie mir vielleicht geschmeckt. Max war in dieser Hinsicht das genaue Gegenteil. »Asafoetida – was könnte das deiner Meinung nach sein?«, fragte er mich.

»Ich will es mir nicht mal vorstellen«, antwortete ich. Dann wechselte ich das Thema. »Weißt du, woran mich ›Kardioversion‹ erinnert?«

»Woran?«

»Erinnerst du dich, wie die Leute früher auf ihre Armbanduhren geklopft haben?«

»Bei Smartwatches machen sie das noch immer.«

»Smartwatches sind keine Uhren, sondern an Armbändern befestigte Computer«, entgegnete ich. »Aber auf eine normale Uhr wie meine muss man heutzutage nicht mehr klopfen. Die läuft jahrelang mit ein und derselben Batterie.«

»Ich weiß nicht mal, warum man früher darauf geklopft hat«, sagte Max. »Obwohl – eigentlich hat mein Großvater immer dann auf seine Uhr geklopft, wenn er uns signalisieren wollte, dass wir uns verspätet hatten.«

»Ja, mein Vater auch. Aber es konnte wahrscheinlich auch das Gegenteil bedeuten – im Sinne von: ›Ist das Ding *hinüber*? Ich könnte schwören, dass ich schon seit Stunden auf dieser Party bin, aber laut meiner Uhr ist es erst halb neun.‹«

»Oder so: ›Bleib sofort stehen, Uhr. Bleib genau da stehen, wo du gerade bist.‹«

»Also, *das* habe ich noch nie erlebt«, sagte ich. »Und hoffentlich passiert das nicht Marilee. Immerhin geht es bei ihr um ein Herz.«

»Oder: ›Geh rückwärts, Uhr!‹«

»Rückwärts?«

Unsere Kellnerin brachte die Getränke und fragte: »Haben Sie sich schon entschieden?«

»Ich nehme den Krabben-Rhabarber-Auflauf«, sagte Max.

»Wenn Sie meinen.«

Ich sagte: »Ich nehme den Felsenbarsch, aber ohne die Honig-Sumach-Soße.«

»Alles klar.«

Sie schnappte sich die Speisekarten und ging. Weder Notizbock noch Bleistift, aber in ihrem Alter war wohl Verlass auf ihr Gedächtnis.

»Hattest du in den letzten drei Tagen nicht auch das

Gefühl, wir wären gemeinsam in der Zeit zurückgegangen?«, fragte Max.

»*Und täglich grüßt das Murmeltier*, sagte ich.

»Und täglich grüßt das Murmeltier?« Er sah mich verdutzt an

»Der Film.« Typisch Max – er war kein großer Kinogänger. »Der Film, in dem einer immer denselben Tag durchlebt, bis er das Richtige tut.«

»Genau«, sagte Max. »Wir haben eine zweite Chance bekommen, das Richtige zu tun.«

»Aber haben wir es getan?«, fragte ich. »Du tauchst wieder uneingeladen auf, so wie damals, als du bei mir und meinen Mitbewohnerinnen eingezogen bist, nachdem Polly geheiratet hatte. Bringst wieder ohne Vorwarnung ein Haustier mit, so wie damals deinen Hund.«

»Richtig«, sagte Max fröhlich. »Und hey! Jared Johnson war auch wieder mit von der Partie!«

»Stimmt eigentlich.«

»Und dein Jobverlust war wieder Thema.«

»Richtig.«

»Wie viele Tage dauerte das denn?«, fragte er.

»Was?«

»In dem Film. Wie viele Tage hat es gedauert, bis der Typ das Richtige tat?«

»Viele. *Wie* viele, weiß ich nicht mehr.«

»Es wäre toll, wenn es so etwas wirklich gäbe.«

Ich wollte ihm schon gestehen, dass nicht viel gefehlt hätte, und ich wäre mitten im Film aus dem Kino gegangen, weil sich der Tag so oft wiederholte, sagte dann aber: »Ja, das wäre toll.«

Die Kellnerin kam an unseren Tisch. »Ich habe vergessen, Sie auf unsere spezielle Vorspeise hinzuweisen: rohe Garnelen in Tequila mit Lachsrogen.«

»Nein!«, sagten wir beide – sogar Max –, und sie verschwand wieder.

Nach dem Essen fuhren wir zur nächstgelegenen Exxon-Tankstelle. »Ich erledige das«, sagte Max, als wir hielten, aber ich sagte: »Nein, nein, *ich* erledige das«, weil ich befürchtete, dass er dann auch gleich zahlen würde. (Wir hatten bereits darüber gestritten, wer das Essen bezahlen sollte, dabei hatte ich ihn ja eingeladen.) Ich sprang vor ihm aus dem Auto und zog den Zapfhahn aus der Säule – das heißt, ich hatte vergessen den Knopf zu drücken, mit dem der Tankdeckel entriegelt wurde. Max musste Geduld und Nachsicht beweisen und sich von seinem Sitz aus hinüberbeugen und den Knopf drücken. »Ich *wusste*, dass ich das zuvor machen muss!«, sagte ich. »Ich habe das schon tausendmal gemacht.«

Langer Rede kurzer Sinn: Als wir weiterfuhren, rochen meine Hände nach Benzin, und als wir bei meinem Haus angelangt waren, schnupperte die Katze an der Eingangstür nur ein einziges Mal an mir und verschwand augenblicklich nach oben. »Celine?«, rief ich ihr nach.

»Wer?«, fragte Max.

»Na ja, die … die Katze.« Ich wandte mich ab, ging zum Schrank und hängte meine Handtasche hinein. »Sie ist aber schon ein rechtes Sensibelchen!«

»Moment, sie heißt Celine?«

»Nein, du Dussel. Aber ich musste sie auf die Schnelle irgendwie nennen.«

»Behältst du sie also doch?«, fragte er, während er mir ins Wohnzimmer folgte.

»Nein. Ich finde es nur nicht gut, ein Tier ohne Namen herumlaufen zu lassen.«

»Ach so.«

Er schob seine Hände in die Taschen. »Okay«, sagte er. »Dann gehe ich mal nach oben und packe meine restlichen Sachen.«

»Fährst du jetzt gleich?«, fragte ich.

»Hatte ich eigentlich vor.«

»Ich dachte, du würdest zuerst noch ein Nickerchen machen.«

»Nein, du brauchst auch mal Ruhe von mir.«

Ich sagte: »Okay.« Und fügte nach einer Pause hinzu: »Aber heute steht nichts mehr an. Du kannst dich gern kurz hinlegen.«

»Schon gut«, erwiderte er, drehte sich um und stieg die Treppe hinauf.

Ich hätte die Katze gern noch einmal gerufen, genierte mich aber, ihren Namen zu wiederholen, während Max mich hören konnte. Stattdessen ging ich in die Küche und hörte den Anrufbeantworter ab. Eine einzige Nachricht, von meiner Mutter. »Hallo Gail, schade, dass ich dich nicht erreiche. Hoffentlich fühlst du dich jetzt, nach der Hochzeit, nicht allzu verlassen.«

Verlassen – das traf es. Genau so fühlte ich mich. Aber ich war mir nicht sicher, ob das an der Hochzeit lag. Ich stand da und starrte den Apparat an. Ich hätte zurückrufen sollen, aber ich schob es hinaus. Und dann kam die Katze von selbst in die Küche. »Na, du«, sagte ich. Sie streifte einladend meine Knöchel, doch bevor ich sie hochhob, ging ich zur Spüle und wusch mir gründlich die Hände und die Unterarme bis zu den Ellbogen hinauf. Dann trocknete ich mich ab und schnupperte an meinem Handgelenk. In Ordnung, fand ich. Und als ich mich nach ihr bückte, lief sie nicht weg. Sie selbst roch wie saubere Wolle. Ich vergrub meine Nase an ihrem Hals und atmete ihren Duft tief ein; dann trug ich sie durch die Küche und die Treppe hinauf. An der Tür zum Gästezimmer blieb ich stehen und sah Max zu, der gerade ein Shirt faltete. Er hielt den Blick aber darauf gerichtet, als wäre er noch immer allein.

»Also«, sagte ich, »angenommen ich würde die Katze nun doch behalten … Hast du nicht gesagt, dass sich dein Tierheim beschweren würde, falls du ohne sie zurückkommst?«

Nun hob er den Blick und hörte mit dem Falten auf. »Für immer, meinst du?«, fragte er.

»Sie fühlt sich hier nämlich sehr wohl.«

»Es gefällt ihr hier wahnsinnig gut! Wahnsinnig gut! Du wirst es nicht bereuen, Gail, versprochen. Und für das Tierheim musst du nur ein paar Formulare ausfüllen, die schicke ich dir per E-Mail. Dass du in einem anderen Bundesstaat wohnst, verkompliziert das Ganze zwar möglicherweise, aber bestimmt nur ein winziges bisschen.«

»Schon in Ordnung«, sagte ich.

Ich hoffte nur, dass ich es tatsächlich nicht bereuen würde.

»Ihre Sachen«, sagte er, »das Katzenklo und so weiter, das Trockenfutter, das lasse ich alles hier. Das dürfen wir, wenn der neue Besitzer noch nicht entsprechend ausgestattet ist.«

»Danke.«

»Wirklich super«, sagte er.

»Ja.«

Ich blieb noch etwas länger stehen. Er legte das Shirt in die Reisetasche auf seinem Bett und ging zum Schrank.

»Gut, dann ist so weit alles geklärt«, sagte ich schließlich und machte kehrt, um die Katze wieder hinunterzutragen.

Im Wohnzimmer sprang sie mir aus den Armen wie jemand, der gerade etwas zustande gebracht hat. Sie ging direkt in die Küche. Ich folgte ihr und sah zu, wie sie von ihrem Trockenfutter zu naschen begann.

Ich würde einen richtigen Napf kaufen, beschloss ich. Vielleicht sogar einen Futterautomaten für die Zeit, in der ich nicht daheim wäre. Und Katzen-Leckerlis. Seit sie bei mir im Haus war, hatten mir Leckerlis gefehlt, mit denen ich sie hätte locken können.

Ob sie gern einen Kratzbaum hätte? Welche Katze wollte *keinen* Kratzbaum! Vielleicht einen, der tatsächlich wie ein Baum gestaltet war und aus mehreren Etagen bestand. Ich würde ihn vor ein Fenster stellen, damit sie nach Herzenslust Vögel beobachten könnte.

Über mir waren Max' Schritte zu hören, aber sie kamen

nicht näher. Ich setzte mich auf die Couch, und kurze Zeit später glitt die Katze herein, ließ sich auf dem Teppich nieder und putzte sich das Gesicht. Max ging über mir durch den Gang und die ersten Stufen hinunter. Ich blieb sitzen.

»Ich bin startklar«, sagte er, als er ins Wohnzimmer trat. Die Reisetasche hing an seiner Schulter, und die Tüte von Lerner Brothers hielt er an sich gepresst. »Also, die Katze ist gechippt, und in nächster Zeit steht keine Impfung an.«

»Gechippt?«, fragte ich.

»Ja, sie hat einen elektronischen Chip, vom Tierarzt implantiert. Falls du ihre Daten mal nachweisen musst. Dass du nicht im selben Bundesstaat wohnst, dürfte kein Problem sein, aber das überprüfe ich, bevor ich dir die Unterlagen schicke.«

»Danke.«

»Nein, ich danke *dir*«, sagte er. Und fügte hinzu: »Schon wieder so ein *Murmeltier*-Moment, oder? Meinen Hund wolltest du zuerst auch nicht, und dann hast du mit deinen WG-Kolleginnen erbittert gestritten, weil sie ihn aus der Wohnung haben wollten.«

Das war natürlich übertrieben – wir hatten die Sache wie zivilisierte Menschen ausdiskutiert. Doch ich sagte: »Allerdings! Schließlich ging es um Barbara. Die gute alte Barb.«

»Die gute alte Barb«, wiederholte er. Dann wandte er sich an die Katze und sagte: »Machs gut, Miss Celine. Hast ein komfortables Plätzchen ergattert, das kannst du mir glauben.«

Celine putzte sich weiter eifrig das Gesicht.

»Sie tut so, als würde sie nichts hören – falls ich sie doch mitnehmen möchte.«

Er ging zur Haustür, und ich stand auf und folgte ihm. Es war richtig heiß geworden, bemerkte ich beim ersten Schritt nach draußen. »Gut, dass wir den Spaziergang so früh gemacht haben«, sagte ich.

»Stimmt.«

Wir gingen die Stufen hinunter. Ich sagte: »Ich habe dich gar nicht gefragt, ob du im Sommer arbeiten wirst.«

»Nur Teilzeit«, erwiderte er. »Einige Kinder kommen zwar auch in den Ferien, wenn sie sonst nirgends hinkönnen, aber im Sommer ist es eher wie in einem Tagescamp.«

»Klingt gut.«

»Ja.«

Wir blieben vor seinem Auto stehen, das ausnahmsweise ein gutes Stück von meinem Wagen entfernt stand, weil ich nach ihm geparkt hatte. Er entriegelte den Kofferraum, stellte seine Tasche rein und warf die Lerner-Brothers-Tüte hinterher.

»Wie heißt deine Schule noch mal? Ich vergesse das immer wieder«, sagte ich.

»Cornboro Special.«

»Ach ja.«

Ein ungünstiger Name, fand ich. »Special« klang leicht verdächtig. Aber das sagte ich natürlich nicht, sondern ich sah ihn nur lächelnd an. Er verfolgte das Thema auch gar nicht weiter. Er sagte nur: »Okay, also dann. Danke, dass ich bei dir übernachten durfte.«

»Jederzeit.«

Er hob eine Hand zum Gruß, ging um den Wagen herum zur Fahrerseite, stieg ein und ließ den Motor an. Ich sah zu, wie das Auto links in die nächste Querstraße einbog, und ging wieder hinein.

Celine hatte sich nicht vom Teppich fortbewegt, war allerdings von der Gesichtsreinigung zur Reinigung ihrer Beine übergegangen. »Hi, Süße«, sagte ich. Sie blickte nicht auf. Ich ging in die Küche und stellte einige Gläser in die Geschirrspülmaschine. Wischte über die Arbeitsfläche. Hängte ein Küchentuch auf. Zog einen Stuhl unter dem Tisch hervor und setzte mich hin, um endlich mit meiner Mutter zu telefonieren.

»Hi, Mom«, sagte ich, als sie sich gemeldet hatte. »Entschuldige, dass ich so spät zurückrufe, aber Max ist gerade erst gefahren.«

»Ich wollte nur wissen, ob du dein Mädchen nicht zu sehr vermisst«, erwiderte sie.

»Nein, es geht schon. Das heißt, natürlich vermisse ich sie, aber ich bin einfach froh, dass die Hochzeit so gut gelaufen ist. Sie hat heute schon angerufen und gesagt, dass ihr alles sehr gut gefallen hat.«

»Ja, mich hat sie auch angerufen.«

»Sehr gut. Bei Sophie und Rupert hat sie sich auch gemeldet.«

Oder sollte ich mir Sorgen machen, weil sie so viel Zeit auf Telefonate mit uns verwendete, anstatt sich auf ihren frischgebackenen Ehemann zu konzentrieren?

Nein, dachte ich. Lass es gut sein.

»Es war bestimmt anstrengend, Max so lang im Haus zu haben«, sagte Mom.

»Überhaupt nicht. Wir sind sogar heute vor seiner Abfahrt zusammen essen gewesen. Im Cultured Crab.«

»Nein, wirklich? Erzähl – was hast du bestellt?«

»Ach, keine Ahnung … irgendein Fischgericht. Und ich behalte die Katze, die er mitgebracht hat.«

»Nicht dein Ernst«, sagte Mom.

»Sie ist wirklich lieb.«

»Aber was machst du, wenn Kenneth zu dir kommt?«

»Kenneth?«, sagte ich. »Es wird schon nicht so schlimm werden. Wenn er keine Luft mehr kriegt, benutzt er einfach sein Dingsda …«

»Wie du meinst«, erwiderte sie. »Du weißt ja, dass ich kein großer Katzenfan bin. Katzen haben ein kaltes Herz.«

»Katzen haben kein kaltes Herz! Sie schützen nur ihre Würde, für den Fall, dass man sie zurückweist. Sie sagen quasi: ›Ich weise dich als Erster zurück.‹«

»Ja, das hast du immer behauptet.«

»Also, ich melde mich Ende der Woche wieder, okay? Sollte ein guter Film laufen, könnten wir miteinander ins Kino gehen.«

»Ja, das wäre schön«, sagte sie. »Bis bald, meine Liebe.«

»Bis bald, Mom.«

Ich legte auf.

Ich ging ins Wohnzimmer und sank auf die Couch. Brach auf der Couch zusammen, besser gesagt.

Was sollte ich mit dem Rest meines Lebens machen?

Ich bin zu jung für diese Situation, dachte ich. Nicht

zu alt, wie man hätte meinen können, sondern zu jung, zu unbeholfen, zu ahnungslos. Warum waren keine *Erwachsenen* in meiner Nähe? Warum nahmen alle an, dass ich wüsste, was ich tat?

Nur gut, dass ich Celine hatte. Sie war neben mich auf die Couch gesprungen, sodass ich mit der Spitze meines Zeigefingers an ihrem eleganten Näschen entlangstreichen konnte, bis sie die Augen schloss und schnurrte.

Ich hätte Max sagen sollen, dass …

Ich hätte ihn fragen sollen, ob …

Ich hätte ihm klarmachen sollen, wie …

Warum war ich nur so *verschlossen*?

Wie konnte es sein, dass ich in einem goldgelben Feld gestanden hatte, ohne die leiseste Ahnung, ob es ein Weizen-, ein Roggen- oder ein Gerstenfeld war? Warum hatte ich Max' ehrfürchtiges Staunen bemerkt, als er mein Gesicht mit den Händen umfasste, warum hatte ich in seinem Blick gesehen, dass er mich über alles liebte, aber nicht den geringsten Gedanken daran verschwendet, ob *ich ihn* liebte?

Es klingelte an der Tür, doch ich reagierte nicht. Die Katze ergriff allerdings augenblicklich die Flucht, scheinbar ohne sich vor dem Sprung auch nur den Bruchteil einer Sekunde zu sammeln.

Bisher hatte ich geglaubt, ich hätte mich zu Andrew Mason hingezogen gefühlt, weil er so rätselhaft gewesen war. In Wirklichkeit hatte ich ihn nur zu gut gekannt. Ich *war* er. Ich hatte seine Isoliertheit wiedererkannt, sein verhaltenes Lächeln und seine absolute Gewissheit, dass er für keinen anderen Menschen Sahne und Zucker herausholen musste, da er selbst seinen Kaffee ja schwarz trank.

Auf der Veranda rief ein Mann: »Gail?«

Ich sagte mir, dass das … ich weiß nicht wer wäre. Ein Nachbar? Jemand aus der Schule? Dass der Mann nur deshalb wie Max klang, weil ich gerade an Max gedacht hatte.

Ich stand auf und ging öffnen. »Mir ist da eine Idee gekommen«, sagte Max. Er stand ein bisschen entfernt von der Tür, die Hände an den Seiten, wie um zu beweisen, dass er nichts Böses im Schilde führte. »Die Sache mit den Adoptionsunterlagen. Weißt du, was das Einfachste wäre? Wir tragen einfach *meinen* Namen ein – *ich* wohne ja in Delaware.«

»Ach so«, sagte ich. »Daran habe ich gar nicht gedacht.«

»Aber *deinen* Namen natürlich auch. Deinen und meinen, beide gemeinsam. Das wäre im Grunde nicht mal gelogen. Vor allem nicht, wenn du irgendwann doch nach Cornboro ziehst.«

Er neigte den Kopf zur Seite. »Gail? Also, was meinst du?«

Wir schrieben das Jahr 2023, und fast jeder Mann, jede Frau, jedes Kind in Amerika besaß ein Handy, so auch Max Baines. Er hätte mich während der Fahrt anrufen können. Oder am Straßenrand stehen bleiben und anrufen können. Oder sogar warten können, bis er zu Hause wäre, und mich dann anrufen können. Aber nein, er stand da – leibhaftig auf meiner Veranda.

Was mir endlich den Mut gab, auf die Veranda hinauszutreten und sein Gesicht zwischen beide Hände zu nehmen. Ich betrachtete seine niedlichen Stoppelwangen und die seidige Haut unter den braunen Augen und die von Sorgenfalten durchzogene Stirn und prägte mir alles gut ein, bevor ich ihn küsste.

ANNE TYLER BEI KEIN & ABER

Eine gemeinsame Sache

Roman | Aus dem Amerikanischen von Michaela Grabinger
ISBN 978-3-0369-6171-2

Der Sinn des Ganzen

Roman | Aus dem Amerikanischen von Michaela Grabinger
ISBN 978-3-0369-6129-3

Launen der Zeit

Roman | Aus dem Amerikanischen von Michaela Grabinger
ISBN 978-3-0369-5996-2

Der leuchtend blaue Faden

Roman | Aus dem Amerikanischen von Ursula-Maria Mössner
ISBN 978-3-0369-5939-9

Atemübungen

Roman | Aus dem Amerikanischen von Reinhard Kaiser
ISBN 978-3-0369-5945-0

ANNE TYLER BEI KEIN & ABER

Kleine Abschiede

Roman | Aus dem Amerikanischen von Christine Frick-Gerke
ISBN 978-3-0369-5944-3

Die Reisen des Mr Leary

Roman | Aus dem Amerikanischen von Andrea Baumrucker
ISBN 978-3-0369-6146-0

Im Krieg und in der Liebe

Roman| Aus dem Amerikanischen
von Christine Frick-Gerke und Gesine Strempel
ISBN 978-3-0369-5978-8

Dinner im Restaurant Heimweh

Roman | Aus dem Amerikanischen von Ulrike von Puttkamer
ISBN 978-3-0369-6164-4